LÓTUS
DA CAMPINA

LÓTUS
DA CAMPINA

LINDA SUE PARK

Tradução de
LÍGIA AZEVEDO

Esta obra foi publicada originalmente em inglês com o título
PRAIRIE LOTUS.
Copyright © 2020, Linda Sue Park.
Copyright © 2021, Editora WMF Martins Fontes Ltda.,
São Paulo, para a presente edição.

Fica assegurado a Linda Sue Park o direito moral de ser identificada como autora desta obra.

Todos os direitos reservados. Este livro não pode ser reproduzido, no todo ou em parte, armazenado em sistemas eletrônicos recuperáveis nem transmitido por nenhuma forma ou meio eletrônico, mecânico ou outros, sem a prévia autorização por escrito do editor.

1ª edição 2021

Tradução
Lígia Azevedo
Acompanhamento editorial
Fabiana Werneck
Preparação de texto
Fabiana Werneck
Revisões
Beatriz Antunes
Marisa Rosa Teixeira
Edição de arte
Gisleine Scandiuzzi
Produção gráfica
Geraldo Alves
Paginação
Moacir Katsumi Matsusaki
Ilustração da capa
Natália Gregorini

Dados Internacionais de Catalogação na Publicação (CIP)
(Câmara Brasileira do Livro, SP, Brasil)

Park, Linda Sue
  Lótus da campina / Linda Sue Park ; tradução de Lígia Azevedo.
– 1. ed. – São Paulo : Editora WMF Martins Fontes, 2021.

  Título original: Prairie lotus
  ISBN 978-65-86016-76-5

  1. Ficção – Literatura infantojuvenil I. Título.

21-70060   CDD-028.5

Índices para catálogo sistemático:
1. Ficção : Literatura infantojuvenil   028.5
2. Ficção : Literatura juvenil   028.5

Cibele Maria Dias – Bibliotecária – CRB-8/9427

Todos os direitos desta edição reservados à
Editora WMF Martins Fontes Ltda.
Rua Prof. Laerte Ramos de Carvalho, 133 01325-030 São Paulo SP Brasil
Tel. (11) 3293-8150 e-mail: info@wmfmartinsfontes.com.br
http://www.wmfmartinsfontes.com.br

Para todos aqueles que tiveram suas histórias apagadas ou silenciadas no passado.
Que elas cantem, moldem e tragam cor ao futuro.

Território de Dakota
Abril de 1880

Capítulo 1

— Devemos levar só mais um dia — o pai disse quando pararam para acampar. Ele soltou os cavalos cansados da carroça e os levou até um pequeno vale para beberem água, enquanto Hanna começava a preparar o chão para o fogo.

Fazia quase um mês desde que eles tinham deixado Cheyenne, era o trajeto mais recente deles em quase três anos de viagem. Três anos sem um lar de verdade. No dia seguinte, chegariam ao destino: LaForge, uma cidade ferroviária no território de Dakota.

Hanna estava animada para fazer o jantar. Eles tinham conseguido comprar mantimentos em North Platte, mas já fazia quase uma semana que não parava de chover. Precisaram se contentar com biscoitos velhos e feijão frio.

Ela havia colocado o bacalhau de molho na noite anterior. *Sopa*, Hanna pensou. *Com batata e cebola.*

O pai voltou com os cavalos e um balde de água. Amarrou os animais e se afastou de novo para buscar gravetos.

– Vou fazer sopa – Hanna disse quando ele voltou para acender o fogo.

– Já estava na hora de termos comida quente – ele disse.

Hanna se espantou com o tom de irritação na voz do pai. Ela não tinha culpa se tinha feito tempo ruim naquela semana. Mas não disse nada, porque não queria começar uma discussão.

– O céu está limpando – o pai disse. – Talvez fique mais fácil conseguir um coelho ou algo assim.

Ele se afastou com sua arma, seus passos largos venciam rapidamente o terreno.

Hanna ficou olhando até que ele desapareceu atrás de um leve declive. A campina infinita parecia plana à primeira vista, mas o terreno nunca era totalmente nivelado. A chuva havia lavado as planícies cinza e bege, deixando para trás um verde translúcido que ficava mais denso a cada dia.

Ela foi até a carroça e abriu sua mala. Pegou um pedaço de papel pardo de embrulho, um lápis, uma borracha e uma revista desgastada.

O papel havia sido dobrado como uma sanfona e depois dobrado duas vezes na transversal. Quando aberto, os vincos formavam retângulos de cerca de cinco centímetros de largura e sete e meio de altura – três dúzias deles.

Hanna já tinha usado quase a metade dos retângulos de um lado do papel. Em cada um, havia um diminuto desenho a lápis de um vestido. Eram vestidos para usar em casa, para fazer visitas, para ir à igreja e até mesmo a bailes. Vira imagens de vestidos de baile na *Revista das Senhoras*, e era divertido desenhar aquelas roupas elegantes, ainda que Hanna nunca fosse ter a chance de ver ou usar uma.

Agora, ela folheava a edição do verão passado, a última que tinha conseguido. Página após página, havia ilustrações de todos os tipos de roupas. Algumas se compravam prontas; de outras, molde e instruções eram encomendados e enviados pelo correio.

Hanna viu dois vestidos que a interessaram. Ela pegou o lápis e começou a desenhar, combinando a parte de cima de um modelo com a de baixo de outro. Também acrescentou um acabamento trançado nos punhos e na bainha do corpete.

Ela analisou o desenho criticamente. Tinha algo errado. A saia estava armada demais para o comprimento do corpete. Hanna a apagou e desenhou de novo, daquela vez mais justa.

Melhor assim.

Nos últimos três anos, era Hanna quem vinha costurando para a família. Seu pai comprava os casacos e paletós prontos, mas ela fazia as calças, os macacões, as camisas, as ceroulas e os camisões de dormir, assim como seus próprios vestidos e suas roupas de baixo. Ela sabia usar os moldes de papel que haviam pertencido à sua mãe, ajustando as medidas a cada tamanho. Hanna sabia pespontar, chulear e casear; quando fazia uma bainha ou um acabamento, seus pontos eram quase invisíveis. Com toda essa experiência, estava confiante de que conseguiria costurar um vestido desenhado por ela mesma, e pretendia fazê-lo muito em breve.

Hanna adorava desenhar porque aquilo exigia toda a sua atenção, assim podia parar de pensar no resto do mundo por um momento. Quanto a costurar, quase sempre era algo ao mesmo tempo relaxante e satisfatório. Fazia semanas que ela não conseguia desenhar ou costurar: a carroça sacolejava muito para que pudesse realizar um bom trabalho, e quando paravam para acampar era quase sempre bem escuro.

Não demorou para que ela deixasse suas coisas de lado para preparar o jantar. Ela pegou a panela de ferro fundido de três pés, que ficava pendurada no gancho de um dos arcos da carroça; era funda o bastante para fazer sopa para dois. Com a panela na mão, Hanna pulou para o chão, deu alguns passos e então se deteve.

Havia um grupo de índios em uma espécie de semicírculo, entre a carroça e o fogo.

Hanna já havia visto índios diversas vezes, mas sempre a distância, da carroça. Nesses momentos, seu pai parecia ficar alerta, mas não especialmente preocupado. Ele dissera que o governo havia obrigado os índios da região, a maior parte dos quais era sioux, a deixar o campo aberto e rumar para as áreas reservadas a eles. Os índios não podiam sair sem permissão especial do agente da reserva.

Hanna observou o grupo rapidamente. Eram três mulheres, a mais velha já com cabelo grisalho. Uma menina alguns anos mais nova que Hanna e duas menores ainda. Elas se abrigavam do frio com mantas e xales desbotados. Carregavam sacos de pano ou trouxas. Uma tinha um bebê amarrado às costas.

Eram mães e filhas. Hanna pensou em sua própria mãe. *O que ela diria ou faria se estivesse aqui?*

– Olá – Hanna disse. – Eu estava começando a preparar a sopa. Querem um pouco?

Sua mãe sempre fora grande defensora da sopa. Podia fazer sopas deliciosas com nada além de sobras e ossos, e havia ensinado o segredo a Hanna: um único ingrediente saboroso poderia deixar uma panela inteira de sobras saborosa, sem que fosse preciso usá-lo em quantidade. Cogumelos secos, repolho e alho eram todos bons. Assim como peixe desidratado.

Hanna trocou a panela de três pés pela grande. Cortou as batatas em pedaços menores que de costume, para que cozinhassem mais rápido. As índias se sentaram no chão, perto do fogo. Hanna estava ansiosa para servir a comida, mas se forçou a esperar até que as batatas estivessem bem cozidas.

Ela também se viu torcendo para que o pai não retornasse tão cedo. *Ele poderia assustá-las. Ou talvez ao contrário.*

Hanna tinha colheres suficientes para as convidadas, mas apenas quatro tigelas. A mais velha parecia ser a líder do grupo, por isso foi servida primeiro. A mulher baixou os olhos para a sopa na tigela, depois levantou o rosto, apertou os lábios e apontou com o queixo na direção de Hanna.

A menina compreendeu na hora. *Ela quer ter certeza de que também vou comer.*

Ela encheu outras duas tigelas e as entregou para que o resto do grupo as compartilhasse. A quarta tigela era a dela. A menina se sentou nos degraus da carroça para comer, perto das mulheres, mas não com elas.

As índias falaram baixo entre elas.

– *Oyu'l waste.*

– *Sku'ya sni.*

– *Nina ota mnisku'ya kte hchin.*

Hanna se perguntou o que estariam dizendo, mas pelo menos conseguia ver que tinham gostado do sabor. Depois que a mais velha provara, dissera algo para as demais. Então outra provara e dissera alguma coisa. Cada uma delas tomara uma segunda colherada e conversara um pouco mais. Era igual às amigas do bairro chinês de sua mãe, ou às mulheres da pensão da srta. Lorna: elas conversavam sobre a sopa – os ingredientes e os sabores.

Ao fim da refeição, as meninas mais novas tinham criado coragem para se aproximar de Hanna. Quando ela sorriu para elas, as duas deram gritinhos de alegria e correram de volta para o grupo.

As mulheres se levantaram para partir. A líder se dirigiu a Hanna.

– *Wahan'pi kin nina waste, na pidamaya.*

Sua voz saía baixa enquanto ela balançava a cabeça para Hanna. A menina assentiu de volta, esperando que aquela fosse a resposta certa.

Mamãe sempre dava aos convidados um pouco de comida para levar. Ela se virou e correu para a carroça. Encontrou um saco vazio de farinha, pôs alguns punhados de feijão seco e voltou para suas convidadas, entregando-o para a mulher de cabelo grisalho.

A mulher mais velha se virou para trocar algumas palavras com suas companheiras. Uma delas procurou algo na trouxa, encontrou-o e passou à líder. Ela segurou o objeto na altura do ombro, enrolando-o em torno da mão.

Parecia um colar de cebolas pequenas ou talvez cabeças de alho, trançadas com os próprios caules.

A mulher mais velha assentiu para Hanna, depois disse algo que soava como "timp-sina". Ela sacudiu de leve o trançado.

– *Timp-sina?* – Hanna repetiu, hesitante.

As meninas riram; as mulheres sorriram.

– *Timpsina* – Hanna repetiu, com mais firmeza daquela vez.

A mais velha deu a trança a Hanna, que a examinou com interesse. Com certeza se tratava de algum tipo de legume. Os bulbos maiores, na parte de baixo, equivaliam ao punho cerrado de uma criança. Iam diminuindo de tamanho, e os menores eram do tamanho de uma noz. Hanna tocou um deles. Era duro feito pedra.

Estão secos. Devem ter feito como mamãe costumava fazer com os cogumelos.

Ela ergueu os olhos e percebeu que a mulher mais velha a observava com atenção. A índia voltou a apertar os lábios, e daquela vez lançou o queixo em direção à chaleira no fogo.

É como se ela apontasse com os lábios, Hanna pensou.

— Devo cozinhar na água? — ela perguntou, apontando para a chaleira.

A mulher voltou a apontar para a chaleira, sacudindo a cabeça, e depois apontou para o céu, na direção do sol, de leste a oeste. Ela levantou três dedos.

— Três dias? — Hanna perguntou. *Ela não pode estar me dizendo para cozinhar por três dias. A chaleira... água...* — Ah! Devo deixar de molho por três dias antes de cozinhar? — Hanna fazia os gestos correspondentes para acompanhar cada frase.

A mulher sorriu e confirmou com a cabeça. Então acenou na direção de uma das tigelas de sopa vazias.

— Molho por três dias e depois coloco na sopa?

Para isso, as outras mulheres murmuraram em concordância, e a líder voltou a confirmar com a cabeça.

— Obrigada — Hanna disse. — Obrigada pela... pela *timpsina*.

O grupo todo riu, e Hanna sorriu para elas.

Quando iam embora, uma das meninas menores virou a cabeça para olhar para Hanna. Seus olhos eram muito escuros, quase pretos, mas a curiosidade os iluminava.

Hanna e a menina se encararam por um longo tempo, até as índias desaparecerem no declive da campina.

O pai retornou sem caça. Hanna contou a ele sobre as visitas.

– Índios? – ele disse, franzindo a testa.

– Mulheres e meninas – Hanna falou rapidamente, depois mostrou a trança. – Elas me deram isto.

– É nabo-da-campina – ele disse. – Já vi antes, no Kansas.

– Tem gosto de quê?

O pai pensou por um momento.

– Uma mistura de nabo comum e batata. É saboroso, pelo que lembro. – Ele fez uma pausa. – Fez bem em dar comida a elas. Não queremos problemas.

Hanna esperou um momento. Não queria parecer impertinente.

– Não houve nem sombra de problema, papai.

– Nunca se é cuidadoso demais quando eles estão por perto – ele argumentou. – Minnesota e Black Hills... Estamos presos entre as montanhas.

Hanna sabia do que o pai estava falando. Por anos, haviam ocorrido disputas sangrentas entre índios e brancos. Como muitas outras tribos, os sioux tinham assinado um acordo com o governo americano, assumindo o compromisso de que colonos brancos não invadiriam terras indígenas. Todos os acordos tinham sido desrespeitados – pelos colonos, pelo governo ou por ambos.

– Não os culpo por reagir – Hanna disse. – Não é justo.

– Não se trata disso – o pai falou. Ele fez um movimento amplo com o braço, quase completando um círculo. – Essa região costumava ser parte da Grande Reserva Sioux. Os índios a deixaram como era, selvagem, não cultivada, então por que as pessoas não deveriam poder se estabelecer aqui? A terra deve ir para quem puder fazer melhor proveito dela. Estou falando não só de plantar, mas de construir ferrovias, abrir negócios. Igrejas. Escolas. Para ter essas coisas, é preciso haver lugares onde construí-las.

Hanna queria aquelas coisas; mais do que tudo, queria ir à escola. Ela se perguntava por que brancos e índios não podiam encontrar uma maneira de compartilhar a terra. Mas já sabia, do tempo que havia passado na Califórnia, que a maior parte dos brancos não gostava de vizinhos que não fossem brancos – fossem eles chineses, índios ou mexicanos.

Hanna guardou os nabos em um saco de mantimentos limpo.

Seu pensamento seguinte a surpreendeu. *Elas tinham cabelo preto. Não vejo tantas pessoas com cabelo preto desde que deixamos o bairro chinês de Salt Lake.*

Ela respirou fundo. *E não vai ter ninguém de cabelo preto no lugar para onde estamos indo.*

Capítulo 2

Enquanto o pai dirigia a carroça pela ampla rua principal, Hanna se levantou de seu lugar nos fundos e espiou por entre a cobertura. Viu ruas de terra batida e construções de madeira identificadas por placas escritas à mão: armarinho, loja de ferragens, taberna, comércio de forragem. Havia até uma loja de móveis, uma raridade ali no interior.

Parece um bom lugar.

Talvez ela quisesse acreditar naquilo. LaForge não era muito diferente de outras cidades do interior que ela havia visto: tinha a estrada de ferro ao norte e uma rua principal perpendicular a ela que dava em uma estrebaria no extremo sul. Era uma cidade novinha, que inspirava promessas e incertezas em igual medida, como o sol fraco de abril que caía sobre ela.

O hotel ficava perto do galpão. O pai tinha feito uma reserva para aquela noite. Hanna subiu a escada externa à construção carregando uma mala de mão e uma caixa de madeira com um saco em cima. Seu rosto ficava quase todo escondido entre o chapéu firmemente amarrado e a carga em uma pilha alta nos braços.

O pai a seguiu até o quarto, com sua própria mala.

– Tudo certo? – perguntou.

Ela deixou as coisas no chão e assentiu.

Ele foi até a janela e abriu a cortina.

– Agora vou à estrebaria – ele disse. – Não devo demorar muito.

Tanto os cavalos – Chester, o ruão; e Cherry, a égua marrom-avermelhada – quanto a carroça ficariam na estrebaria.

O pai não precisou dizer a ela para ficar longe da janela, ou seja, longe da vista. A filha sabia o que fazer, depois de tantos meses e tantas cidades. Ele sempre achava melhor conhecer algumas pessoas primeiro e abrir ou um armarinho ou uma alfaiataria, antes que descobrissem a existência dela.

Como sempre, ela não deixava de ter esperanças. Talvez aquela fosse a última mudança, a última vez que ela teria de esconder o rosto ao chegar a uma nova cidade.

Hanna fechou a porta depois que o pai saiu e passou a chave. Depois atravessou o quarto e colocou a caixa de madeira sobre a cama. Trabalhar faria com que o tempo passasse mais rápido.

A caixa de botões da mãe era uma das poucas coisas da loja de Los Angeles que havia feito a longa jornada com eles. Durante a viagem, a caixa havia sido sacolejada, jogada de um lado para o outro e tinha chegado a virar mais de uma vez. Hanna soltou o ganchinho, levantou a tampa e constatou o que já imaginava: uma confusão de botões misturados.

– Ovos podres – ela murmurou, repetindo a praga favorita da mãe.

O pai havia feito a caixa como a mãe pedira. Era uma bandeja retangular coberta por uma tampa articulada com uma grade de madeira dentro que dividia o espaço interno em dezenas de compartimentos. Era a maior caixa de botões que Hanna já havia visto. Guardava centenas de botões que a mãe colecionara por anos.

Hanna tinha carinho pela caixa porque ela pertencera à mãe. Cada centímetro da carroça era necessário para itens essenciais à viagem, portanto as coisas da mãe haviam ficado para trás. Sua mais valiosa posse era um espelho enorme que ficava preso à parede e não podia ser movido. Hanna havia conseguido resgatar a caixa de botões e um xale de lã xadrez vermelho e marrom que era o preferido da mãe.

Hanna esvaziou a caixa sobre a cama. Começou a revirar a pilha de botões e a colocar cada um em seu compartimento. As fileiras variavam em tamanho e as colunas em cor. O quadradinho no canto esquerdo inferior continha um botão branco, o menor de todos. Acima dele, ela colocou o segundo menor, também branco. Cada compartimento da esquerda recebeu um botão maior, até chegar ao último, que tinha o maior botão branco de todos.

Na coluna seguinte, ela colocou os botões cor de creme. Depois os beges, os marrons, os tons de cinza e os pretos. Então vieram os coloridos: vermelhos, laranja, amarelos, verdes e azuis, e finalmente os roxos. Outras colunas e fileiras receberam botões diferentes, em formato de animais, estrelas ou cerejas.

Os botões eram agradáveis aos olhos e à ponta dos dedos. Ver cada um em seu devido lugar era reconfortante. E o melhor de tudo era que arrumá-los havia mantido Hanna ocupada.

Ela guardou os últimos botões nos compartimentos certos, depois fechou a tampa e a trancou. Passou o dedo sobre o entalhe na tampa: uma simples flor de lótus com cinco pétalas. Era a flor preferida da mãe, e sua marca registrada. Ela bordava uma flor de lótus, usando um ponto margarida minúsculo, no forro de todas as roupas que fazia, e tinha ensinado a filha a fazer o mesmo. Na verdade, Hanna nunca vira um lótus, mas a mãe lhe havia mostrado como era em pinturas chinesas e vasos de cerâmica.

Hanna ainda tinha a primeira flor de lótus que havia bordado. Cuidadosamente guardado dentro da bíblia que a srta. Lorna lhe dera quando partiram de Los Angeles, havia um retalho de musselina simples com duas flores de lótus: uma feita pela mãe, como um modelo, e outra feita por Hanna aos sete anos de idade. Os pontos da mãe eram uniformes, simétricos, com a tensão perfeita. Os pontos de Hanna eram vacilantes e incertos. Mas a mãe havia elogiado o esforço, e desde então Hanna bordara flores de lótus inúmeras vezes, sempre procurando tornar as suas tão uniformes e graciosas quanto as da mãe.

Hanna estava guardando a caixa de botões quando ouviu as botas do pai subindo os degraus.

– Tem escola aqui? – Hanna perguntou.

Aquela era sempre sua primeira pergunta. Algumas cidades pelas quais passavam ainda não tinham escola. E eles não haviam ficado tempo o bastante nas que tinham para que ela pudesse ser matriculada.

O pai tirou o chapéu e o pendurou a um prego perto da porta. Ele era alto e magro, e seus joelhos e cotovelos se projetaram quando se sentou na única cadeira que havia no quarto.

– Esqueci de perguntar – ele disse. – Tinha coisas mais importantes em mente. Darei a má notícia primeiro. Já tem dois armarinhos na cidade, além de um alfaiate e um camiseiro.

Ela sabia por que era uma má notícia. Uma cidade daquele tamanho não precisava de *três* armarinhos. Ou de dois camiseiros.

Agora seu pai quase sorria.

– Dois armarinhos e uma loja de móveis? Isso quer dizer que há muitas mulheres por aqui.

Durante os meses infinitos de viagem de Los Angeles a LaForge, Hanna e seu pai passaram por cidade após cidade amplamente povoadas por homens. Quanto mais a oeste da fronteira, menos mulheres havia. Viajando para o leste, Hanna e seu pai enfim chegaram a um lugar onde viviam mais mulheres.

Hanna percebeu o que seu pai estava querendo dizer.

– Não há nenhuma costureira! – ela exclamou.

– Comprei o último terreno vazio na rua principal e assinei um contrato de um mês de uma casa na rua transversal. Vamos construir e montar uma loja e vender fazendas.

– E fazer vestidos – ela disse, com a voz desafiadora.

Eles já haviam discutido sobre aquilo. Tudo bem quando ela era apenas uma ajudante na loja em Los Angeles, mas seu pai achava que, com catorze anos, ela era nova demais para se comprometer a costurar vestidos para mulheres adultas.

Ele continuou, como se ela não tivesse dito nada.

– Tem uma drogaria de um lado e um armazém do outro. Deve passar bastante gente naquela parte da rua.

– Parece ótimo, papai – ela disse.

Ela ia ficar quieta, mas já estava pensando em como o faria mudar de ideia.

– Comprou um terreno? – ela perguntou, tentando parecer apenas curiosa.

— Está questionando minha decisão? — A voz dele se ergueu em um descontentamento que ela sabia que poderia se transformar facilmente em raiva.

— Não, papai — ela disse com firmeza, olhando nos olhos dele. Era verdade. Seu pai tinha suas falhas, mas era astuto quando se tratava de negócios. — Só estava me perguntando por que agora. Por que neste lugar?

Desde que haviam vendido a loja de Los Angeles, eles sempre moravam e trabalhavam em locais alugados.

O pai assentiu. O brilho raivoso em seus olhos enfraqueceu lentamente.

— Por alguns motivos. Primeiro, por causa de Harris.

Um homem chamado Philip Harris era o motivo pelo qual os dois haviam ido para Dakota. O pai de Hanna o havia conhecido anos antes, no Kansas. No fim do inverno anterior, quando eles tinham decidido deixar Cheyenne, o pai soube que o sr. Harris tinha se tornado juiz de paz de LaForge.

— Um bom homem — o pai havia dito. — Um homem justo. Se vamos para algum lugar, pode ser para lá.

O pai continuou:

— Ele fará seu melhor para que tenhamos um tratamento justo aqui. Pensei em esperar até o outono. Se a loja não estiver bem, podemos vender e seguir em frente. Haverá muitos compradores, considerando que a cidade fica do lado da ferrovia e está crescendo rápido.

Hanna concordou com a cabeça, mais do que satisfeita. *Até o outono. É tempo suficiente para um, talvez dois semestres na escola.*

Quando era jovem, tendo mal saído da adolescência, o pai havia deixado seu lar no Tennessee para viajar para o Oeste. Ele acabou no território do Colorado, durante a Corrida do Ouro, na região de pico Pikes. Ele havia trabalhado duro e tido sorte, saindo-se muito bem. Quando a Corrida do Ouro acabou, ele começou a trabalhar como fornecedor de material para a ferrovia. Estava sempre se mudando e acabou chegando a Los Angeles, de onde era impossível seguir mais para oeste. Lá, ele se estabeleceu como vendedor, principalmente de aviamentos.

Cerca de um ano depois, ele conheceu a mãe de Hanna, e os dois se apaixonaram.

Deveria ser uma história simples. Mas não era.

Porque a mãe de Hanna era chinesa.

Ficara órfã quando ainda era bebê na China e fora acolhida por missionários americanos. Seu nome era Mei Li; os missionários a chamavam de May. Eles a ensinaram a costurar, a ler e a escrever. Ela cresceu fascinada pelos livros e pelas histórias da terra natal deles. Quando completou dezoito anos, convenceu-os a deixar que viajasse para a terra que na época era conhecida como Gam Saan, Montanha Dourada.

Um dos missionários tinha uma irmã que gerenciava uma pensão em Los Angeles. Foi lá que May ficou quando chegou à América, com a srta. Lorna. Ela se dedicava à limpeza, ajudava com as refeições e fazia costuras.

Até que um jovem chegou à pensão da srta. Lorna. Ele estava montando um armarinho na saída do bairro chinês e precisava de uma costureira para a alfaiataria.

May foi trabalhar para esse jovem, cujo nome era Ben. O pai de Hanna.

Os distúrbios em Los Angeles ocorreram quando Hanna tinha cinco anos. Na época, eles moravam em cima da loja. Ela não tinha idade suficiente para entender o que se passava, mas conseguia se lembrar de tudo.
Os gritos na rua.
Alguém batendo na porta.
Mais gritos.
– Leve-a. Para a srta. Lorna – a mãe disse ao pai.
– Vá também. Vocês duas podem ficar lá – ele sugeriu.
– Não. Você. É mais seguro com você.
O pai pegou a mão de Hanna e a puxou pelas ruas cheias de gente correndo e gritando. Havia um forte cheiro de fumaça no ar. Às vezes, o pai pegava Hanna no colo e corria, desviando de pessoas que pareciam furiosas, assustadas ou ambas as coisas.
Ele a deixou com a srta. Lorna.
– Volto para buscá-la assim que puder – o pai avisou, por cima da cabeça de Hanna.
– Posso ficar com Hanna pelo tempo que precisar – a srta. Lorna disse. – Não se preocupe com ela.
Hanna ficou na srta. Lorna pelo que parecia uma eternidade. Mas, na verdade, seu pai voltou alguns dias depois.
Ele tinha más notícias. Pelo menos quinze homens chineses haviam sido linchados. Casas e negócios de propriedade de chineses tinham sido saqueados e queima-

dos. O pai ficara vigiando a loja e a mãe havia ido ver como alguns amigos estavam. Enquanto tentava ajudá-los a proteger o estabelecimento deles, ela havia desmaiado depois de inalar fumaça demais.

O pai a levara para casa. Ele e Hanna fizeram o melhor para cuidar da mãe, mas seus pulmões tinham sido gravemente afetados. Os sons dela tossindo e ofegando preenchiam a casa hora após hora, dia e noite. Cada tossida fazia Hanna estremecer, imaginando a dor que a mãe sentia, seu esforço constante e desesperado para obter algo tão simples como o ar.

A mãe lutou por seis anos depois daquilo. Numa manhã chuvosa e fria de fevereiro, alguns meses depois de completar doze anos, Hanna despertou em meio a um silêncio denso. Saiu da cama e viu que a porta do quarto dos pais estava entreaberta. Espiou pela fresta.

A mãe estava deitada sobre uma colcha no chão. Estava de lado, de modo que Hanna podia ver seu rosto, tão calmo e tranquilo que quase parecia estar sorrindo.

Sentado na beirada da cama, em seu camisão de dormir, o pai pigarreou, então ergueu os olhos e viu Hanna.

– Ela deve ter saído da cama no meio da noite – ele disse. – Nem me acordou. Não senti nem ouvi nada.

Hanna entrou no quarto na ponta dos pés e se sentou na beirada da cama.

– De onde sua mãe vem, muita gente dorme no chão – ele disse. – Só os ricos têm cama.

Os olhos de Hanna lacrimejavam. Ela enxugou as lágrimas com a manga da camisola.

– Era isso que ela estava fazendo, papai? Dormindo como antes?

– Em parte. Talvez. Mas acho que de alguma forma ela sabia que o fim estava próximo e não queria... Ela sabia que ninguém gosta de dormir em uma cama em que alguém morreu. – Ele balançou a cabeça. – Sempre estava pensando nos outros. Olha só no que deu.

Hanna torcia para que a raiva na voz dele fosse somente pelo luto. Ela se concentrou na expressão da mãe. *Tão tranquila. Seu último presente para mim: saber que estava tranquila quando... quando o fim chegou.* A onda de tristeza que atingiu Hanna se abrandou um pouco quando percebeu que o som terrível da respiração dificultosa da mãe havia cessado enfim.

Três semanas depois, o pai vendeu a loja e comprou uma carroça. Fizeram as malas e partiram em busca de um lugar livre do fantasma da mãe, da lembrança de sua doença, de sua morte e dos distúrbios que acabaram por matá-la.

Capítulo 3

No segundo dia em LaForge, eles se mudaram do hotel para a casa alugada. A primeira coisa que fizeram foi pendurar cortinas para que ninguém conseguisse ver lá dentro. Então o pai foi ao depósito de madeira, deixando Hanna com a arrumação das malas.

Poucos minutos depois que ele saiu, ela ouviu um barulho que parecia vir de dezenas de pés na calçada de tábuas. A menina correu até a janela e puxou a cortina só um pouquinho, para dar uma olhada.

Cinco meninos corriam e gritavam uns para os outros. Viraram a esquina e desceram pela rua transversal. Três meninas os seguiam, com mais calma. Todas aquelas crianças seguindo na mesma direção logo cedo pela manhã só podiam estar indo a um lugar: a escola.

Hanna nunca foi à escola. Ela havia aprendido as letras e os números com a mãe, depois passara a ter aulas com a srta. Lorna. Quando Hanna e o pai foram embora de Los Angeles, a mulher lhe dera um conjunto completo de livros de leitura, uma gramática, um livro de ortografia e um de aritmética. Hanna tinha estudado todos diligentemente. Mas não tinha ninguém para lhe ensinar. E sua mãe sempre desejara que ela fosse para a escola.

"Menina esperta. Termine a escola e consiga um diploma. Estudar treina a mente. Deixa a pessoa mais forte", ela dizia.

Hanna foi para a cozinha. Lavou a louça do café da manhã e pôs a chaleira no fogo. Quando a água esquentou, ela a despejou em uma bacia metálica para limpar o chão. Varreu e esfregou, sentindo-se cada vez mais determinada.

O pai voltou para o almoço, deu uma olhada no rosto de Hanna e disse:

– O que quer que seja, espere até depois de comermos. Não quero que estrague meu apetite.

Eles comeram o feijão com pãezinhos em silêncio. Hanna sentia sua inquietação se transformando em algo mais estável e sólido. *Um toco de árvore. Não, uma pedra. Uma pedra grande que só pode ser movida por uma parelha de bois.*

Sua mente estava um pouco acelerada. Hanna se levantou para pegar a chaleira e serviu duas xícaras de chá. O pai adicionou uma colherada de açúcar, mexeu e deu um gole.

– O pãozinho estava bom – ele disse.

– Obrigada. – Ela esperou um momento. – Tem uma escola aqui.

Ele engoliu o chá.

– É mesmo?

– Papai...

– Por que você precisa ir à escola? Sabe ler, escrever e fazer contas. Nunca vai precisar de mais do que isso.

– Quero um diploma.

– É só um pedaço de papel. Não tenho diploma, e isso não me prejudicou em nada.

– Não demoraria muito. Já terminei o sexto livro de leitura. Um semestre, talvez dois. Só isso.

– Hanna, não podemos chamar atenção – ele disse, impaciente. – Se você fosse à escola, causaria confusão. É a última coisa de que precisamos.

Fez-se um momento de silêncio.

– O sr. Harris – ela disse.

– Harris? O que ele tem a ver com isso?

– Se ele é juiz de paz, isso não significa... ele não poderia resolver qualquer problema...?

– É disso que estou falando! Você vai criar problemas e não vamos nos dar bem nesta cidade, sabe disso!

Ele estava gritando agora. Hanna calculou que tinha uma última chance antes que o pai parasse de ouvi-la de vez.

– Mamãe queria que eu terminasse a escola.

Ela segurou o fôlego. Às vezes mencionar a mãe ajudava, mas nem sempre. O pai muitas vezes brigava com a mãe, mesmo no fim, quando ela só conseguia dizer algumas poucas palavras em meio à respiração entrecortada. Hanna havia herdado um bocado da teimosia da mãe, assim como seu cabelo preto e liso, sua pele bronzeada e seus olhos escuros e puxados.

O pai olhou para a xícara de chá.

— Ela queria muitas coisas — murmurou.

— Coisas que nunca pôde ter. Isso eu ainda posso fazer por ela.

Ele finalmente ergueu os olhos e a encarou.

— Engraçado você ter mencionado Harris — o pai disse. — Descobri que ele também está no conselho escolar. Então é com ele que terei de falar. Mas não posso prometer nada, me ouviu?

— Sim. Obrigada, papai.

Ela voltou a pegar a chaleira e completou a xícara de chá dele.

Hanna só percebeu tarde demais que não havia feito o pai dizer *quando* falaria com o sr. Harris. Ela queria começar na escola imediatamente, mas o fim da semana chegara e eles não haviam mais tocado no assunto. Hanna precisou morder a língua uma dezena de vezes para não perguntar a esse respeito. Sabia que se importunasse o pai ele poderia desistir.

Ele anda ocupado, ela disse para si mesma uma vez mais. O pai passava os dias entre o galpão, a madeireira e a loja de ferragens, comprando, encomendando e transportando suprimentos para a construção da loja.

Hanna também andava ocupada. Uma pilha de roupas para remendar a aguardava numa cadeira, e havia uma pilha ainda maior de roupas para lavar em outra. A seu pedido, o pai lhe trouxera alguns metros de musselina de um dos armarinhos para fazer a roupa de cama. Ela mal podia esperar para dormir em lençóis novos e limpos, depois de tantas noites na carroça suja.

Só que tudo aquilo teria de esperar. Primeiro era preciso peneirar a farinha e o fubá. Hanna encontrou a caixa em que estava a peneira – um anel de metal com fundo de malha – e pegou o saco de farinha. Ela colocava algumas xícaras de farinha por vez na peneira e a sacudia sobre a maior panela que havia. A farinha passava pela malha, deixando para trás uma mistura de gorgulhos, traças e larvas. Depois que ela terminou, foi para fora esvaziar a peneira, jogando os insetos no quintal. A farinha peneirada foi para um pote grande com tampa. Nenhuma praga poderia entrar ali, de modo que o pote ficaria sempre livre de insetos se Hanna se certificasse de que apenas farinha peneirada fosse guardada nele.

Peneirar toda a farinha levara um tempo. Hanna precisava repetir todo o processo com o saco de fubá. Por um breve momento enquanto sacudia a peneira, ela se perguntou como ia conseguir dar conta de todo o trabalho quando estivesse indo à escola – já era bastante difícil com todo o dia à disposição.

Antes de ficar doente, mamãe trabalhava no armarinho o dia inteiro e cuidava de tudo na casa. Seu lar em Los Angeles não era perfeito, mas eles sempre tinham comida quente e roupas limpas, o que era mais do que o suficiente. Hanna estava determinada a fazer o mesmo.

Hanna se sentou bem ereta, com as mãos entrelaçadas sobre as pernas e os pés recolhidos debaixo da saia. O sr. Harris ia chamá-la a qualquer momento.

– Já falei um pouco com ele – o pai havia dito a ela aquela manhã. – Mencionei que a sua mãe era chinesa.

– O que ele disse?

O pai deu de ombros.

– Não muito. Algo como "Oras, por essa eu não esperava".

Hanna se animou um pouco, mas se conteve imediatamente. Não tinha sido uma resposta desagradável, mas não significava quase nada. Ela havia passado o dia se perguntando o que deveria dizer para o sr. Harris, ensaiando frases diferentes na cabeça. Em um momento de pânico, havia pegado seu livro de aritmética para repassar os decimais. Talvez ele fosse fazer perguntas para avaliar seu nível, e aritmética era seu ponto fraco. Mas, depois de alguns minutos, ela deixou o livro de lado. Não ia aprender em uma tarde o que não aprendera até então.

Ela arrumou tudo depressa depois da refeição, tirou o avental e refez a trança. Então se sentou à cadeira perto da mesinha e se conteve em ficar quieta. Sua mãe tinha lhe ensinado aquilo – a se manter imóvel e respirar fundo quando estava se sentindo particularmente nervosa ou aflita.

Mesmo assim, Hanna pulou quando alguém bateu à porta.

O sr. Harris entrou e tirou o chapéu. Tinha a barba cheia e castanha e olhos muito azuis. Ele apertou a mão do pai de Hanna em cumprimento. Os dois homens se sentaram diante dela.

Hanna notou a reação do sr. Harris ao vê-la pela primeira vez. A olhada rápida, o virar de rosto ainda mais rápido, a curiosidade tácita nublando o ar. Ela ainda não havia se decidido se era melhor ou pior quando as pessoas ficavam simplesmente encarando.

– Gostaria de um café ou chá, sr. Harris? – Hanna perguntou. Sua voz saiu um pouco trêmula, mas ela conseguiu se controlar.

– Não, obrigado – ele disse. Hanna reconheceu o tipo de espanto que já vira em tantas outras pessoas. *Ela fala, ela fala inglês, ela fala inglês culto!*

Mas ela logo entendeu por que seu pai considerava o sr. Harris um homem justo. Ele havia respondido como se ela fosse qualquer outra pessoa, sem manifestar sua surpresa. Aquilo era muito mais do que a maior parte das pessoas conseguia fazer. Algumas diziam grosserias, coisas ofensivas ou mesmo odiosas. A maioria se dirigia a seu pai, como se ela não estivesse presente.

O pai e o sr. Harris conversaram por alguns minutos. Hanna descobriu que ele tinha um filho chamado James, o qual se mudara para Oregon no outono anterior.

– Eu queria ir também – o sr. Harris disse. – Mas prometi a Sarah Lynn que não mudaríamos mais. Então ficamos, e James foi com a família do meu irmão.

– Ouvi dizer que é uma área bem rural – meu pai comentou.

– Ainda é uma cidade rudimentar, e Sarah Lynn queria que as meninas fossem para a escola. Falando nisso...
– Ele olhou para Hanna, depois voltou a olhar para o pai dela. – Andei pensando a respeito. Edmunds, você já está contribuindo para a economia local, e não parece o tipo de homem que não paga seus impostos.

O pai sorriu.

– Isso depende do valor dos impostos – ele disse, e os dois homens riram juntos. Hanna sorriu, desejando que eles voltassem ao assunto.

O sr. Harris recuperou a seriedade.

– No meu entender, qualquer criança com menos de vinte e um anos residente na cidade tem o direito de frequentar a escola. Vou dizer à srta. Walters que ela pode esperar uma nova aluna na segunda-feira. – Ele fez uma pausa. – Só que não queremos... problemas. A escola precisa continuar funcionando normalmente. Se houver obstáculos, quem tomará qualquer decisão será a srta. Walters.

– Justo – o pai disse.

Não, Hanna pensou. *Não é justo. Mesmo que eu faça tudo certo, não posso controlar o que os outros alunos vão fazer.*

– Alguma dúvida? – o sr. Harris perguntou.

Ela olhou para as próprias mãos por um longo momento, depois ergueu a cabeça.

– Não tive a sorte de poder ir à escola antes, sr. Harris, então peço desculpas por minha ignorância, mas os alunos podem ficar de chapéu na sala de aula?

Capítulo 4

A escola ficava isolada em um trecho vazio da campina, a única construção a oeste da rua transversal em relação à principal. De longe, parecia flutuar na extensão de pastos desnivelados. Conforme Hanna se aproximava, conseguia ver o alpendre anexo à parede norte, uma miniatura da própria estrutura, com seu telhado pontudo copiando o da construção principal.

Hanna hesitou à porta da escola, com a cabeça baixa. Ela ficou olhando para a trama de seu vestido de cambraia azul. Era um tecido resistente, apropriado para usar no dia a dia, mas ela adicionara fileiras de ponto pena nos punhos e na bainha. Não era chamativo, tampouco era simples.

Ela passara a maior parte da noite acordada, pegando no sono apenas alguns minutos por vez e sempre despertando com o coração acelerado. Finalmente, ia ter a oportunidade de ir à escola – e se pegou morrendo de medo.

Imagens de quando era mais nova passaram por sua mente. Crianças provocando-a, gritando bobagens em um chinês inventado, puxando os olhos para tirar sarro dela. As poucas que falavam com Hanna só o faziam porque eram desafiadas. Quando ela respondia, gritavam em triunfo e corriam de volta para os amigos.

As mães raramente eram melhores e, com frequência, piores. Ao ver Hanna, atravessavam a rua depressa, às vezes cobrindo a boca, como se ela tivesse algum tipo de doença. Ou então escondiam as crianças menores atrás da saia, para protegê-las. *De quê?*, Hanna sempre se perguntava.

Parada na soleira da porta da escola, Hanna tinha dificuldade de recordar por que queria tanto estar ali.

Eu poderia me virar e ir para casa. Talvez papai esteja certo quanto a um diploma ser apenas um pedaço de papel...

Então ela voltou a pensar na mãe, ensinando-lhe como passar a agulha por dentro dos últimos pontos no avesso da roupa e depois puxar a linha para garantir que a costura não se desfizesse.

– Pronto – a mãe havia dito. – Um bom trabalho não vale de nada se não se vai até o fim.

Um diploma era mais que um pedaço de papel. Era prova de que ela havia concluído seus estudos.

Hanna respirou fundo. Segurando firme os livros com um braço e usando um chapéu de aba larga, ela girou a maçaneta.

Hanna tinha chegado cedo de propósito; ela queria estar sentada quando os outros alunos chegassem. A professora, uma mulher bonita e jovem com cabelo castanho-claro preso em um coque baixo, estava sentada atrás da mesa do outro lado da sala.

– Você deve ser Hanna Edmunds – ela disse com uma voz bondosa, embora não sorrisse. – Sou a srta. Walters. Disseram-me que tem catorze anos, o que deixaria você com os mais velhos. Já começou o quinto livro de leitura?

– Sim, professora.

Na verdade, Hanna já havia terminado o sexto livro de leitura. Ela se lembrou da primeira vez que deparara com o poema intitulado "A minha mãe". Respirar ficara tão difícil que ela acabara tossindo.

Sei que para a terra do teu descanso partiste...

Embora Hanna soubesse que muita gente havia perdido a mãe, ainda ficara surpresa por ter encontrado um livro sobre a morte de uma mãe. Era como se o poeta tivesse acesso ao coração dela, de modo que o poema se tornava imediatamente o seu preferido. Ela pensava nele como o "poema da mamãe".

Hanna não queria dar a impressão de estar se gabando por já ter lido o sexto livro de leitura. Além do mais, adorava o quinto.

– Sua carteira é aquela nos fundos, à esquerda. Vai se sentar com Dolly Swenson.

– Obrigada, professora.

Hanna foi até sua carteira. Ela se sentou, apoiou suas coisas e pegou o livro de leitura. Debruçou-se sobre ele; as laterais do chapéu escondiam todo o seu rosto.

O sr. Harris havia dito que em geral os alunos tiravam os chapéus, mas aquilo não era uma regra. Ele tinha concordado em pedir que a srta. Walters permitisse que Hanna usasse o seu na escola; o fato de que era mestiça seria escondido dos outros alunos até que Hanna estivesse pronta para se revelar.

– Vai ser só por alguns dias – Hanna havia dito ao sr. Harris.

Até que eu consiga fazer uma amizade. Uma que seja.

Então ela poderia tirar o chapéu.

A srta. Walters tocou o sino. Por alguns minutos, a sala se encheu do barulho animado dos outros alunos. A colega de carteira de Hanna se sentou ao lado dela. Hanna odiava ser mal-educada, mas nem reconheceu a presença da outra menina. Foi só quando a srta. Walters pediu silêncio que ela se arriscou a dar uma olhada em Dolly.

A menina tinha cabelo loiro-avermelhado e pele tão branca quanto musselina alvejada. Hanna pensou no que sua mãe costumava dizer sobre pele branca: que era considerada desejável pelos chineses porque representava uma vida de privilégios.

– Significa que a pessoa não precisa trabalhar ao ar livre – a mãe havia dito. – No sol, ao vento. Pele branca é para pessoas ricas. Esposas e filhas queridas.

Naquela única olhada, Hanna também reparou no que Dolly estava usando: um vestido de uma bela popeline marrom que lhe caía bem. Mas seus olhos bem treinados também notaram as emendas ao longo do corpete. O que significava que o vestido tinha sido feito em um tamanho diferente e fora reformado para Dolly.

Ela não trabalha ao ar livre, no campo. Sua família não tem dinheiro o bastante para roupas novas, mas ela quer se vestir bem, portanto alguém – a mãe, provavelmente – faz o que pode com o que tem em mãos.

A maior parte da vida, Hanna havia tirado conclusões rápidas sobre as pessoas que conhecia, em uma tentativa de adivinhar como iriam tratá-la. O truque era nunca levar suas conclusões muito a sério, para o caso de acabar descobrindo depois que estavam totalmente erradas.

Dolly é mimada? Talvez.

A manhã passou depressa. A professora tinha tato e não pediu que Hanna lesse nada nem lhe fez nenhuma pergunta em seu primeiro dia.

A srta. Walters era uma mulher pequena; os meninos mais velhos chegavam a ser mais altos do que ela. Seu cabelo estava preso, sobrando apenas a franja enrolada. Seu vestido era de viscose estampada azul, com renda no colarinho e nos punhos – muito recatado e apropriado, mas com um detalhe sutil: o corpete era fechado por botões azul-escuros em formato de disco imitando diamante.

Hanna sabia que aqueles botões eram caros. Havia alguns parecidos na caixa de sua mãe; ela era capaz de visualizar o compartimento, ao fim do terço superior, do lado direito. *A srta. Walters deve ter escolhido os botões para seu próprio prazer. Não são chamativos demais, e sempre que ela quiser pode olhar para baixo e ver como refletem a luz.*

Hanna achava que a srta. Walters lembrava um pouco sua mãe. Talvez porque a menina quisesse muito encontrar coisas que lembrassem sua mãe, o que raras vezes acontecia.

Ao meio-dia, a maior parte dos alunos foi para casa almoçar. Hanna havia trazido uma marmita porque não queria atravessar a cidade com os outros colegas.

Apenas dois dos vinte alunos ficaram na sala e comeram na carteira; Hanna imaginou que morassem fora da cidade, em terrenos reivindicados. Como outras cidades no território de Dakota, LaForge era rodeada de lotes com cerca de cento e sessenta acres cada um. As pessoas – em geral homens – "reivindicavam" um terreno declarando suas intenções ao governo e pagavam dezoito dólares. Por cinco anos, era preciso cultivar a terra e viver nela por pelo menos seis meses ao ano, depois dos quais a reivindicação era aprovada e a pessoa se tornava proprietária dela.

Hanna se recordou das palavras de uma música popular:

O Tio Sam é rico o bastante para dar uma fazenda a cada um de nós!

Então ela pensou nas índias que havia conhecido e se perguntou, como já havia feito muitas vezes, por que o Tio Sam podia distribuir terras que não eram dele.

Embora apenas dois alunos tivessem permanecido na carteira durante o almoço, Hanna imaginou que muitos outros deviam morar em terrenos reivindicados. Deviam ficar na cidade durante o ano letivo e voltar para casa ao fim do semestre.

Quando a hora do almoço acabou, as meninas mais velhas voltaram e se reuniram na sala de aula. Por ter ouvido as apresentações das lições antes, Hanna agora sabia o nome dos colegas da classe. As outras meninas além de Dolly se chamavam Bess, Margaret e Edith. O sobrenome de Bess era Harris, portanto ela devia ser filha do sr. Harris. Os meninos eram Albert, Ned e Sam. Hanna achava que Margaret e Albert eram irmãos porque eram muito parecidos.

Bess e Ned eram os melhores alunos. Edith era a que mais sorria.

Hanna notou mais uma coisa.

As outras meninas não gostam de Dolly.

Bess, Margaret e Edith estavam juntas à janela, vendo os meninos brincarem com uma bola do lado de fora, enquanto Dolly se mantinha a um passo de distância. Hanna se manteve na carteira, com o livro aberto à sua frente, embora não estivesse lendo, e sim pensando.

Talvez as meninas não gostem de Dolly porque ela é mimada. Talvez eu esteja certa quanto a isso.

Ou talvez Dolly seja muito boazinha, e as outras a tratem mal por motivos que não são culpa dela.

Hanna achava que sempre havia uma centena de razões para não gostar das pessoas, e muito menos do que cem para gostar. No momento, parecia que Dolly era sua melhor chance de fazer uma amiga.

Naquela tarde, a srta. Walters escolheu alguns dos alunos mais velhos para ler trechos do livro de leitura em voz alta. Hanna ficou olhando para seu exemplar, seguindo cada palavra.

Dolly e Ned leram. Depois a professora chamou Bess.

O cabelo castanho de Bess estava trançado e preso na nuca. Pelo tamanho do coque, Hanna sabia que, quando solto, o cabelo dela devia ir pelo menos até a cintura. Bess era a mais baixa entre as meninas mais velhas; era robusta, tinha o rosto redondo e uma covinha no queixo. Escolheu ler um poema chamado "A orla de Minot", sobre um faroleiro e o naufrágio do barco de seu filho.

Como cães fantasmagóricos pelo céu,
As nuvens brancas aceleram antes da tempestade;
E nu na noite uivante
O farol de olhos vermelhos exalta a sua forma.

Bess leu lindamente, sua voz subindo e descendo como as ondas do mar. Não se ouviu nenhum som na sala quando ela foi se aproximando das estrofes finais: será que o jovem Charlie, de cabelo castanho e olhos cor de avelã, sobreviveria à tempestade?

Os outros alunos tinham abandonado qualquer intenção de prosseguir em seus próprios estudos. Mantinham os olhos arregalados pregados em Bess. Quando ela terminou a leitura, todos na sala pareceram soltar o ar. Hanna deu uma olhada rápida para a srta. Walters, que parecia estar tentando não sorrir.

Ela sabe que está todo mundo ouvindo, Hanna pensou, *mas era isso mesmo que ela queria.*

– Muito bem, Bess – disse a srta. Walters.

Hanna viu Bess piscar algumas vezes, quase como se despertasse, depois corar com o elogio da professora e abaixar um pouco a cabeça.

Ah, ela é um pouco tímida. Mas não parecia quando estava lendo.

Sam era o próximo. Embora não fosse muito mais alto do que os outros alunos, parecia o mais velho da classe, com ombros largos e a fisionomia séria. Loiro de olhos castanhos, ele tinha o rosto moreno e cabelo queimado do sol. Seu sorriso rápido poderia ser considerado atrevido se ele não fosse tão simpático.

– "Os cegos e o elefante" – anunciou.

Sam havia escolhido um dos textos preferidos de Hanna no livro, um poema divertido sobre seis homens cegos e suas conclusões equivocadas sobre um elefante. Na terceira estrofe, a maior parte dos alunos levou a mão à boca para esconder o riso; na quinta, muitos riram alto.

– Shhh! – a srta. Walter fez. Sua voz era severa, mas seus olhos continuavam sorrindo. Todo mundo ficou quieto para ouvir Sam recitar os últimos versos.

Então, esses homens do Hindustão
Discutiram alto e demoradamente
Cada um com sua própria opinião
Cada vez mais rígida e firme
Embora todos estivessem certos
E todos estivessem errados!

Hanna não pôde evitar sorrir quando a sala toda irrompeu em aplausos e risadas. Sam não era nem um pouco tímido. Ele sorriu e fez uma reverência exagerada.
– Sam, você leu muito bem – a srta. Walters disse. – Mas, por favor, não se esqueça de que a modéstia é sempre bem-vinda.
– Sim, professora – disse ele.
– Pode voltar a se sentar.
Quando passou pela carteira de Hanna, Sam ainda estava sorrido.
Ele está sorrindo para mim?
Alarmada, ela tentou se esconder ainda mais sob o chapéu. Não queria ser notada.
Nem mesmo por um menino bonito com um sorriso simpático.

Capítulo 5

Hanna voltou para casa andando depois do seu primeiro dia de aula. Eram só alguns quarteirões, mas pareceram quilômetros. Ela sentia os pés pesados e a cabeça ainda mais. Não havia feito nada além de ficar sentada à carteira o dia inteiro. Toda aquela preocupação – o que a srta. Walters pensaria dela, se os alunos podiam ver seu rosto apesar do chapéu, como criaria coragem para tirá-lo – a deixara mais exausta do que poderia ter imaginado.

O jantar estava pronto quando o pai chegou da construção. Hanna tinha feito massa de panqueca na noite anterior e deixado descansando no porão. Ela fritou fatias de carne de porco salgada e preparou os bolinhos na gordura restante, depois fez xarope de açúcar mascavo. Era uma das refeições preferidas do pai. Ele poderia dar uma centena de motivos para ela não poder mais ir à escola, mas o jantar daquela noite não seria um.

— Foi tudo bem hoje? — ele perguntou, enquanto dava uma garfada no segundo prato de panquecas. Estava com fome depois de passar o dia trabalhando na construção da loja.

Hanna escolheu as palavras com cuidado.

— Talvez eu esteja um pouco atrasada em aritmética. Mas estou adiantada nas outras matérias.

— Hum... — Ele terminou de comer em silêncio, depois olhou para ela atentamente. — Algum problema?

Hanna fez que não com a cabeça, sabendo que seu desconforto e ansiedade não eram as coisas a que seu pai se referia. Ele estava perguntando se Hanna havia tido problema com os outros alunos — porque ela não era branca.

Se fosse branca, não teria de usar o chapéu.

Se fosse branca, não teria de pedir para ir à escola.

Se fosse branca...

Hanna só se lembrava de um momento em sua vida em que desejara ser branca. Em Los Angeles, quando tinha cerca de quatro anos, vira uma menina mais velha com o cabelo loiro cheio de cachinhos. Hanna havia tirado um novelo de lã amarela da cesta da mãe e brincado com ele na frente do espelho do armarinho, deixando os fios caírem sobre a cabeça enquanto olhava para seu reflexo. Tinha se interessado mais pelos cachos do que pela cor do cabelo da menina; ficava tentando enrolar o fio, deixando-o totalmente diferente de suas madeixas lisas.

Quando a mãe viu o que ela estava fazendo, sem dizer nada, tirou o novelo dela. Pegou uma escova e um cordão de seda vermelha. Depois de pentear o cabelo da filha, que ia até o ombro, ela o trançou cuidadosamente com o cordão, amarrando-o no final da trança.

De pé, atrás de Hanna, de frente para o espelho, a mãe pousou a trança sobre o ombro da filha, que viu o cordão vermelho em contraste com o cabelo preto, ambos lisos e brilhantes. Dali em diante, Hanna nunca mais quis ter cachos loiros.

Como ela sentia falta daquilo, da sensação das mãos da mãe arrumando seu cabelo.

Se ela fosse branca, não seria filha de sua mãe. E não teria o mesmo entendimento do conhecimento precioso que sua mãe lhe revelara algumas semanas antes de morrer:

– Também sou mestiça. Como você.

Hanna não conhecia ninguém além dela mesma que fosse metade asiática, metade branca. Sua mãe sempre dizia que aquilo a tornava especial. Quando era mais nova, parecia haver algo bom em ser mestiça. Podia haver pão ou batata no jantar – ou arroz ou macarrão, ao estilo chinês. Eles sempre tinham dois tipos de chá, verde e preto. Hanna sabia falar tanto chinês quanto inglês.

O pai sabia um pouco de chinês – muito mais que a maior parte dos brancos –, mas o inglês da mãe era melhor do que o chinês dele. Por isso, quando estavam juntos, os três sempre falavam em inglês. Se estavam só Hanna e a mãe, falavam em chinês. Mas agora fazia mais de um ano que ela não falava essa língua, desde que haviam deixado o bairro chinês de Salt Lake. Às vezes, ela quase podia sentir o chinês lhe escapando, as palavras se desprendendo dos recantos de sua memória e depois voando, uma a uma.

A maior parte do tempo, ser meio asiática e meio branca era especial de um jeito doloroso. Com exceção da srta. Lorna e de alguns de seus amigos da igreja, pessoas brancas não gostavam de Hanna porque ela não era branca. Os chineses a aceitavam, mas não gostavam do pai dela porque ele era branco. A metade chinesa de Hanna era o que sua mãe lhe havia deixado. Como ela podia desejar que fosse embora? Mas por que ela ser meio a meio incomodava tanto as outras pessoas?

Então ela descobrira que sua mãe também era mestiça.

Na época, os pulmões da mãe andavam tão mal que ela passava a maior parte do dia enrolada no xale xadrez vermelho e marrom, encolhida na cadeira de balanço. Ao falar, ela precisava se esforçar para puxar o ar entre as palavras. Hanna recordou o que a mãe havia dito sem aquelas lacunas dolorosas.

– A China é grande, muito grande. Os chineses são todos diferentes, do norte ou do sul, das montanhas ou dos rios, comem arroz ou macarrão. Os americanos não sabem disso. Acham que todos os chineses são iguais.

A mãe contara a Hanna histórias sobre a China. Sobre templos e palácios com telhado de ouro. Sobre arroz crescendo na água até os joelhos, e o verde mais verde que se poderia imaginar. Sobre dragões e fênix, imperadores e princesas, jade e pérolas.

Histórias de família também. Hanna ficara sabendo que sua avó, mãe de sua mãe, bordava flores e borboletas que qualquer um juraria serem reais. E que seu avô era um mercador que viajava centenas de quilômetros todos os anos para coletar e vender plantas preciosas.

– *Yansam* – a mãe dissera. Ela pedira papel e lápis para escrever uma palavra chinesa, e mostrara para Hanna. – Parece um homem com cabeça, braços, pernas. Cresce como batata.

– Na terra? – Hanna perguntara. – Como uma raiz?

– Isso, raiz. É remédio.

A mãe apertara mais o xale sobre o corpo.

– Escute – ela dissera. – Nunca contei isso a ninguém. Meu pai não era chinês. Ele chegou na China vindo de outro lugar. Um lugar lindo, secreto. Chamado Coreia. Os americanos não sabem de lá.

Hanna franzira a testa, pensativa.

– É outro país?

– Sim.

– Então sua mãe era chinesa e seu pai...

– Coreano. – A mãe sorrira para ela. – Também sou mestiça. Como você.

Então ela contara para Hanna algumas histórias coreanas. Sobre o coelho que vivia na Lua, a tartaruga no palácio do rei do mar. Sobre como os palitinhos tinham sido inventados pelos coreanos e sobre como eles faziam a cerâmica mais linda do mundo. A mãe não sabia muitas palavras em coreano porque falava chinês com os pais. Mas tinha orgulho de sua metade coreana.

– Seu nome é Hanna por causa da sua avó – a mãe dissera. – Sua avó branca.

Hanna sabia daquilo. O nome da mãe de seu pai, que vivia no Tennessee, era Hanna.

– Mas tem outro motivo. Em coreano, *ha-na* quer dizer "um". – A mãe erguera o dedo indicador. – A primeira filha. A melhor, a filha número um. – Ela escreveu outro caractere chinês. – Menina, como eu. Mestiça, como eu. Esse caractere significa "felicidade dupla". É você. Você é minha felicidade dupla.

Aquela lembrança era um conforto enorme para Hanna – uma que ela levaria consigo para a escola no dia seguinte.

Quando Hanna chegou à escola pela manhã, os meninos mais velhos estavam brincando com uma bola no jardim, enquanto os mais novos observavam. As meninas mais velhas já deviam estar lá dentro.

Sou uma das meninas mais velhas. É melhor entrar.

Os passos de Hanna ficaram mais lentos. Algo tão simples quanto passar por uma porta parecia difícil, fazia seu coração disparar e o estômago se revirar. Mas ela se forçou a dar outro passo, depois outro, e mais outro, até que finalmente ultrapassou a soleira e estava no alpendre, que servia de entrada para a sala de aula. O alpendre tinha prateleiras e uma fileira dupla de pinos de madeira ao longo de duas paredes, com o depósito de carvão num canto, onde só restava uma camada de pó preto.

A porta da sala estava entreaberta. Hanna ouviu vozes lá dentro.

– ... pensar em outro motivo?

– É de longe o mais simples. E o mais lógico. Faz todo o sentido!

A segunda voz era de Dolly. A primeira talvez fosse de Margaret.

– Não vejo por que especular – Bess disse.

– Ah, por favor! – Era Dolly novamente. – É culpa dela por não tirar. Ela deveria saber que ia deixar as pessoas curiosas. Se não é uma marca de nascença horrível, deve ser uma cicatriz nojenta.

Hanna ficou imóvel como uma pedra. Estavam falando dela, sondando por que não havia tirado o chapéu no dia anterior.

Com a cabeça baixa, ela ficou olhando para os livros que carregava. A bainha da manga estava ligeiramente levantada, revelando a pequena flor de lótus que havia bordado ali.

Não vai ser como planejei. Eu queria fazer pelo menos uma amiga primeiro. Ovos podres. Vai ser bem mais difícil assim. Mas, como mamãe diria, isso não serve de desculpa para não tentar.

Ela endireitou os livros para que pudesse tocar os pontos da flor de lótus em sua manga e alisar o tecido. Inspirando forte, retornou para a soleira do alpendre e chutou o batente da porta, alto o bastante para que a ouvissem na sala de aula.

A conversa parou no mesmo instante.

Hanna guardou os livros numa prateleira. Tirou o chapéu e o pendurou num pino. O espaço à sua volta pareceu enorme, agora que seu rosto estava exposto.

Ela inspirou fundo e soltou o ar fazendo barulho. Então endireitou os ombros e entrou na sala de aula. Mantendo o olhar à frente, deu os poucos passos até sua carteira. De canto de olho, viu a reação das outras meninas.

Margaret recuou um passo.

Edith se manteve onde estava. Bess se virou para Hanna, num movimento tão sutil que Hanna achou que talvez tivesse imaginado.

E Dolly?

A boca e os olhos de Dolly eram círculos perfeitos de espanto. Claramente não havia lhe ocorrido a possibilidade de disfarçar sua surpresa. *Talvez ela seja mais honesta que as outras. Ou não tão bem-criada.*

O ar estava tão carregado de tensão que, quando a srta. Walters falou, sua voz pareceu abafada.

— Bom dia, Hanna — ela disse. — Eu estava prestes a tocar o sino.

— Bom dia — Hanna respondeu. Ela ficou surpresa como sua voz soou calma. Sentou-se rapidamente e abriu seu livro.

Por ora, parecia que as meninas estavam seguindo o exemplo da srta. Walters – agiam como se estivesse tudo normal. Elas seguiram para suas respectivas carteiras quando o sino tocou e os outros alunos começaram a entrar. Hanna não ousou olhar para o rosto de Dolly.

Os alunos mais novos foram para a frente da sala. Nenhum deles prestou atenção nela. Mas, conforme os meninos mais velhos seguiam pelo corredor até seus lugares, Hanna ouvia os sussurros. Ela manteve os olhos no livro, resoluta, ainda que os sussurros parecessem descer pela sua espinha.

– Silêncio, por favor – a srta. Walters disse, com firmeza. – Turma do quinto livro, por favor. Cada um de vocês deve escolher um texto e usar para a lição de gramática. Analisem uma frase de pelo menos dez palavras em suas lousas. Alunos do quarto livro, levantem-se e venham para a frente.

Ela não pediu para a turma do quinto livro se levantar. Não vou precisar ficar de pé lá na frente.

A srta. Walters não olhou na direção de Hanna, mas a menina sentiu um delicado laço se formando entre elas.

Capítulo 6

Ao fim da manhã, todos os alunos mais velhos já tinham notado Hanna. A sala fervilhava de agito e curiosidade reprimidos. A srta. Walters pediu silêncio novamente, daquela vez com um tom mais enfático, impedindo os alunos de se virar e ficar olhando.

Hanna estava angustiada. O que aconteceria na hora do almoço? Ela deveria se manter na carteira? Todos os alunos passariam por ela ao sair. Hanna não suportava nem pensar nos olhares e sussurros. No entanto, se ela se levantasse depressa e fosse a primeira a sair, pareceria que estava fugindo.

A srta. Walters estava ouvindo os alunos mais novos recitando a lição de aritmética. Quando eles terminaram, ela se levantou da cadeira e deu a volta até a frente da mesa.

– Tenho uma tarefa especial para cada um de vocês – ela disse. – LaForge é uma cidade nova, e somos todos novos aqui. Por favor, vão para casa comer e voltem todos preparados para me contar de onde vieram, onde nasceram e moraram antes de se mudarem para cá. Estão dispensados.

Enquanto a professora falava, Hanna teve uma ideia. Ela pegou sua marmita, que estava aos seus pés, e a colocou sobre a carteira. Então abaixou a cabeça, cruzou as mãos diante do rosto e fechou os olhos.

Nem o mais ousado dos alunos a incomodaria em meio a suas preces.

Hanna levantou a cabeça e olhou em volta, devagar. A sala estava quase vazia. Mais à frente, os dois alunos do outro dia abriam suas marmitas, enquanto a srta. Walters tricotava à mesa logo adiante. Ninguém disse nada a Hanna.

Ela estava tão nervosa que nem tinha fome, mas se forçou a engolir o bolo de milho. Tendo se mantido sentada com rigidez a manhã inteira, sentia dores por todo o corpo. Deslizou para fora da cadeira e passou o peso para os pés com cuidado, testando para ver se suas pernas tremiam. Pareceram-lhe firmes o suficiente, então ela foi até a fornalha no meio da sala. Não estava acesa, porque o tempo estava quente nesses dias; o balde de água estava no chão ao lado dela, com uma concha pendurada em uma de suas alças. Hanna serviu um pouco de água e começou a beber com sede.

Antes que ela terminasse, uma menininha entrou na sala e se aproximou da fornalha.

– Pode me dar um pouco de água também, por favor?

Hanna se assustou e quase derrubou a concha. Do outro lado da fornalha, a menina olhava para ela. Não devia ter mais de sete anos, usava um vestido de chita sob um avental feito de sacos de farinha. Seu rosto era pálido e cheio de sardas, seu cabelo ruivo estava dividido em duas tranças apertadas amarradas com linha. Faltavam-lhe os dois dentes da frente, e havia uma mancha de sujeira em sua bochecha.

Hanna voltou a encher a concha e a estendeu para a garota, que a pegou com todo o cuidado. Ela bebeu tudo e devolveu a concha para Hanna.

– Obrigada.

– De nada – Hanna disse, num tom que era pouco mais que um sussurro.

A menina franziu a testa.

– Tem algo de errado com a sua voz? – ela perguntou.

Hanna sentiu os olhos queimando e piscou com força para reprimir as lágrimas. Era sua primeira conversa com outro aluno: uma menininha que aparentemente achava que a única coisa que havia de errado ou estranho nela era sua voz.

Ela pigarreou.

– Não, estou bem – disse mais alto daquela vez. – Tem uma sujeira na sua bochecha. Posso? – Ela pegou seu lenço do bolso e o umedeceu. A menina se aproximou para que Hanna pudesse limpá-la.

Hanna sorriu, e a menina sorriu de volta.

Todos voltaram a se acomodar, mas três carteiras permaneceram vazias; os alunos que as ocupavam não tinham retornado do almoço. A srta. Walters bateu na mesa com a vara que usava para apontar para a lousa. Ela se levantou e foi até um lado da sala. A lousa ocupava três paredes; ela pegou um pedaço de giz e se aproximou do trecho que ficava à esquerda.

– Turma do primeiro livro, por favor, venha à frente.

Apenas dois alunos estavam no primeiro livro: a menininha cujo rosto Hanna havia limpado e um menino de topete.

– Pearl, onde você nasceu?

– Em Minnesota, professora.

– A srta. Walters escreveu "Minnesota" na lousa.

– Você vivia em uma fazenda em Minnesota?

– Sim, professora.

– E quanto a você, Freddie?

– Nasci em Ohio, professora. Meu pai é de lá. Depois fomos para Illinois, de onde é a minha mãe.

A professora escreveu o nome dos dois estados na lousa também. Antes de LaForge, a família de Freddie havia morado em Chicago.

Chicago! A julgar pela leve comoção na sala, todos deviam ter ficado tão impressionados quanto Hanna à menção de uma cidade tão grande.

A srta. Walters sorriu.

– Freddie, gostaria de nos contar algo de que se lembra sobre Chicago?

– O pátio ferroviário – ele respondeu na hora. – Tinha muitos trens que passava...

– "Passavam", Freddie. "Muitos trens passavam."

Freddie pareceu surpreso.

– A senhorita também viu, professora?

A srta. Walters cobriu a boca com a mão rapidamente para esconder o fato de que tinha achado graça.

– Não, Freddie, não vi. Eu só estava corrigindo sua gramática. Obrigada, Pearl. Obrigada, Freddie. Matthew, talvez você possa nos contar um pouco mais sobre Chicago quando for sua vez. – A srta. Walters se dirigia a um menino mais velho, que devia ser irmão de Freddie.

Todos os alunos tiveram sua vez. A turma do terceiro livro incluía uma menina chamada Sadie, que era irmã mais nova de Bess Harris. Quando a turma do quarto livro terminou, havia sete estados na lousa; Wisconsin, Nebraska, Iowa e Nova York tinham sido acrescentados à lista. Uma menina chamada Louisa tinha visitado uma vez a cidade de Nova York. Um menino chamado Henry havia encontrado fósseis às margens do lago. O irmão de Freddie, Matthew, contou que eles tinham visto cinquenta trens no mesmo dia.

A sala toda ficou impressionada. Um menino do terceiro livro ergueu a mão.

– Professora, ele deve estar querendo dizer cinquenta *vagões*, não? Cinquenta vagões de trem, e não cinquenta trens.

Matthew balançou a cabeça com convicção.

– Cinquenta trens. Freddie começou contando os vagões, mas havia tantos que ele nem conseguiu mais, e eu sugeri que contássemos os trens. E nem ficamos lá o dia inteiro, só uma manhã.

Cinquenta trens em uma única manhã! Em LaForge só passavam dois trens por dia, um de manhã e outro à tarde, embora o pai de Hanna tivesse lhe dito que a companhia ferroviária supostamente ia aumentar aquele número em breve.

– Turma do quinto livro, para a frente, por favor – a srta. Walter anunciou.

O coração de Hanna acelerou. Ficar de pé diante de toda a escola não parecia uma possibilidade, mas permanecer sentada seria pior: atrairia tanta atenção quanto e ela ainda estaria desobedecendo à professora.

A turma do quinto livro era a maior, composta por cinco meninas e três meninos. Conforme Hanna avançava para a frente da sala, o frio na barriga era tanto que ela mal conseguia respirar. Era a primeira vez que muitos dos alunos a viam direito. Hanna sentiu os olhares, ouviu os ruídos das outras crianças se mexendo na cadeira e cutucando os colegas. Uma névoa de desconfiança e hostilidade parecia envolvê-la. Seu desejo era manter a cabeça erguida, com orgulho, ao se postar diante da mesa da professora, mas acabou mantendo os olhos fixos no chão.

A srta. Walters não desperdiçou nem um segundo.

– Hanna, pode nos contar onde nasceu?

A voz da professora soava calma e perfeitamente normal – no entanto, pareceu cortar a névoa densa e sombria.

Fale com ela. Com a professora. Não pense em mais ninguém. Assim, vai conseguir fazer isso – com a ajuda dela.

Hanna ergueu o queixo e olhou para o rosto da srta. Walters, depois respondeu à pergunta como se não houvesse mais ninguém na sala.

– Na Califórnia, professora.

Os outros alunos foram incapazes de conter a surpresa.

– Na Califórnia!

– Eu sempre quis ir para lá!

– Ela viu o mar?

Hanna finalmente ousou olhar para os rostos à sua frente. Em vez da suspeita que sentira momentos antes, encontrou surpresa e curiosidade, interesse e inquietação.

A srta. Walters havia feito aquilo. Com uma única pergunta.

A professora ergueu uma mão para conter a empolgação e escreveu "Califórnia" na lousa.

– Conte-nos algo sobre a Califórnia, Hanna.

Ela estava pronta para aquilo; havia pensado a respeito enquanto ouvia os outros alunos.

– Há muitas laranjeiras lá – ela disse. – Principalmente nos pomares fora da cidade… fora de Los Angeles. Mas às vezes dá para ver algumas nas colinas, ou beirando a estrada, ou mesmo nos quintais.

Sam, que estava alinhado com os outros alunos, deu um passo à frente, com a mão levantada.

— Sim, Sam? — a srta. Walters disse.

Ele se virou para Hanna.

— Você comia laranjas todos os dias? Só comi laranja uma vez no Natal. Dois anos atrás.

Daquela vez, Hanna não teve dúvida: ele estava sorrindo diretamente para ela. Não era um sorriso exagerado, mas dava para ver que seus olhos brilhavam.

— Eu também! Também comi uma laranja no Natal uma vez!

— Eu nunca comi! É gostoso?

— A melhor coisa que já comi! A não ser pelos doces de Natal.

— ... na minha meia...

— ... numa festa...

Hanna se lembrou da tigela de cerâmica azul e branca com lótus e crisântemos pintados que a mãe mantinha perto do parapeito da janela da cozinha. Quase sempre havia laranjas ali.

— Sim — ela disse. — Comíamos laranjas quase todos os dias.

Ela sentiu uma pontada de dor ao perceber como sentia falta das laranjas. Principalmente do aroma doce e forte que preenchia o ar quando eram descascadas.

— Obrigada, Hanna — a srta. Walters disse.

Os outros alunos tiveram sua vez também. Sam era de Minnesota, e Hanna descobriu que era irmão de Pearl. Margaret e Albert eram irmãos também, de Iowa. Edith era de Illinois. Ned era de Wisconsin. E a família de Dolly vinha do norte do estado de Nova York.

Quando chegou a vez de Bess, ela disse:

— Eu nasci em Wisconsin. Também moramos no Kansas e em Iowa, onde Sadie nasceu. Como ela disse, moramos em Minnesota antes de vir para cá. Minha mãe diz que é porque meu pai não aguenta ficar parado.

Enquanto ouvia seus colegas de classe, Hanna de vez em quando olhava para a srta. Walters.

Ela fez com que eles... fez com que nós entendêssemos que todos viemos de outro lugar.

Pelo restante da tarde, Hanna estudou a lição e atendeu quando a professora a chamou. Ela respondeu a perguntas de geografia e história, resolveu problemas envolvendo divisão e começou a memorizar a primeira tabela de palavras de quatro sílabas do livro de ortografia.

A sala estava silenciosa e organizada. Não se ouviam conversas ou risos. Era uma tarde comum para os alunos da escola de LaForge, e Hanna gostou tanto de ler e recitar as lições que não queria que o dia acabasse.

O calor de sua alegria não a abandonou ao chegar em casa, nem enquanto realizava as tarefas da tarde e o jantar. Ela tinha tantas novidades para contar que nem percebeu que o pai mal dissera uma palavra ao chegar.

Então alguém bateu à porta, e, pelo olhar do pai, ela soube que ele já estava aguardando aquilo.

Capítulo 7

O pai abriu a porta. Hanna se manteve atrás dele.

– Boa noite, Edmunds.

Era o sr. Harris.

– Já estou indo – o pai disse.

– Vamos nos reunir no galpão. Espero você aqui fora.

O pai fechou a porta e tirou o chapéu do cabide na parede. Só então Hanna notou que ele estava usando sua melhor camisa branca, e que seu cabelo tinha sido cuidadosamente penteado. Ele olhou para ela e deu de ombros.

– Harris apareceu na construção esta tarde – ele disse. – Algumas pessoas foram falar com ele, por causa da sua presença na escola. O conselho escolar marcou uma reunião para hoje à noite.

Hanna foi pegar seu chapéu.

– Aonde acha que vai? Você vai ficar bem aqui, mocinha. Harris quer que eu participe da reunião, mas ele, os outros membros do conselho e a srta. Walters vão falar, e é assim que deve ser. – Ele abriu a porta. – Não me espere acordada – ele disse por cima do ombro. – Conto como foi pela manhã.

O sol ainda não havia se posto, por isso Hanna pôde acompanhar com os olhos os dois homens subindo a rua na direção do galpão, que ficava no extremo norte da cidade.

O galpão ficava próximo aos trilhos do trem. Tinha janelas em todas as quatro paredes. Se ela ficasse agachada entre duas janelas, provavelmente conseguiria ouvir através das fendas nas tábuas.

Ao vestir o chapéu, ela sentiu uma pontada de arrependimento por desobedecer ao pai. Era seu dever e responsabilidade obedecer-lhe. Mas havia momentos em que simplesmente não conseguia, e durante o ano anterior esses momentos se tornaram cada vez mais frequentes.

Hanna pensou que talvez aquilo se devesse em parte ao fato de sua mãe não estar mais com eles. Às vezes, a mãe ficava do lado dela numa discussão, e juntas conseguiam convencer o pai. Agora Hanna precisava enfrentá-lo sozinha. Ele andava irritável, mal-humorado, severo, ressentido. Seus defeitos haviam se agravado depois que a mãe morreu. Hanna muitas vezes achava mais fácil não discutir com o pai, fazer o que ela achava que devia e torcer para que ele não descobrisse.

Desta vez, Hanna planejava voltar muito antes do que o pai, para que ele não ficasse sabendo que ela saíra.

A menina saiu pela porta dos fundos, com a intenção de seguir por trás das lojas e casas, em vez de descer pela rua principal. Na última construção antes do galpão ficava a mercearia. Hanna ficou um momento parada à sua sombra.

Então, mantendo-se longe do galpão, Hanna caminhou até o outro extremo, onde não poderia ser vista da rua. As janelas brilhavam com a luz das lanternas. Ela deu uma rápida olhada em volta, então correu para lá, dobrou-se e rastejou até a extremidade leste da construção. O sol já tinha quase se posto por completo, e a maior parte do galpão se encontrava nas sombras.

Ela se agachou com as costas contra a parede. Como imaginava, ouviu o ruído baixo das vozes lá dentro. Não conseguia entender o que diziam, mas parecia que a reunião ainda não tinha começado. O ranger das dobradiças da porta indicava que as pessoas ainda estavam chegando. Assim que a reunião começasse, eles falariam um de cada vez e ela conseguiria ouvir melhor. Teria de prestar bastante atenção para ir embora antes do fim da reunião e chegar em casa primeiro que o pai.

De repente, Hanna notou um movimento à sua direita. Alguém se aproximava furtivamente do galpão, assim como ela havia feito. Com o coração batendo forte, Hanna se manteve bem quieta. *Se eu não me mexer, talvez não me vejam, quem quer que seja...*

Para seu completo desespero, o vulto seguiu direto em sua direção.

— Eu sabia que você estaria aqui — ele sussurrou alto.

Mesmo no escuro, Hanna podia ver que ele sorria.

Era Sam.

— O que você está fazendo? — ela sussurrou de volta, enquanto uma onda de pânico percorria seu corpo. *Por que ele está aqui? Agora a probabilidade de ser pega dobrou.*

Sam se agachou ao lado dela.

— O mesmo que você — ele disse. — Quero ouvir o que eles vão dizer.

— Seus pais estão aqui?

— Só meu pai. — Ele fez uma pausa. — Minha mãe... Ela fica mais em casa. Você realmente comia laranjas todos os dias?

Surpresa com a mudança repentina de assunto, Hanna encarou Sam por um momento e se pegou respondendo à pergunta dele.

— Sim. Não. Não todo dia, mas quase. Você achou que eu estava mentindo?

— Não, claro que não.

— Então por que me perguntou de novo?

— Só para poder ouvir você dizendo isso de novo. — Ele balançou a cabeça, então sorriu. — Uma laranja por dia. Não seria incrível?

Lá dentro, a voz do sr. Harris cortou os murmúrios.

— Ordem, por favor.

Quando Hanna levou um dedo aos lábios, notou que Sam já fazia o mesmo gesto. Ela percebeu então que estava feliz por não estar sozinha. Não, isso não estava certo. Não seria igual com qualquer pessoa. Ela sentia-se feliz por *ele* estar ali. Tal ideia fez suas bochechas esquentarem.

O barulho diminuiu. O sr. Harris voltou a falar:

— Sei que há preocupação com a aluna que entrou na escola ontem. Todos terão a chance de dizer o que pensam, mas eu gostaria de começar com a srta. Walters.

Fez-se silêncio por um momento, então a srta. Walters começou a falar. Ela não falava tão alto quanto o sr. Harris. Devagar, com cuidado, Hanna se levantou e se pôs ao lado da janela, em vez de ficar agachada sob ela. Sam fez o mesmo, do outro lado da janela.

— ... esteve presente ontem e hoje. Gostaria que soubessem que se trata de uma boa aluna. Ela se comportou perfeitamente bem e tem sido gentil com os colegas.

Hanna franziu a testa. *Gentil? Quando?*

A srta. Walters prosseguiu:

— Não houve absolutamente nenhum problema por causa da presença dela, e não espero que haja. Na verdade, acredito no oposto: que seus conhecimentos e seu comportamento serão um excelente exemplo para os outros alunos.

— Mas ela não é daqui!

— Não quero que ela estude na mesma escola que meus filhos!

— *Ordem!* — disse o sr. Harris, erguendo a voz. — Eu disse que todos teriam a chance de falar. Pretendo conduzir esta reunião de maneira civilizada. Se alguém causar problemas, terei de trazer o juiz de paz.

A multidão riu porque o juiz de paz era o próprio sr. Harris.

— Obrigado, srta. Walters — ele prosseguiu. — Agora, eu gostaria de chamar Philip Harris.

Ouviram-se risadas de novo, pois o sr. Harris estava convocando a si mesmo.

— Faz uns bons anos que conheço Ben Edmunds — ele disse. — Eu o conheci no Kansas. Ele me ajudou a construir uma casa lá, para mim, Sarah Lynn e nossos filhos. Ele próprio ficou sem casa para que pudéssemos fazer a nossa primeiro. Foi mais de uma vez buscar material na cidade, que ficava a quase cinquenta quilômetros de distância. Eu não poderia pedir por um vizinho melhor. Vocês ouviram a srta. Walters falar sobre a filha dele, e agora falei sobre o próprio Ben. No que me diz respeito, eles são exatamente o tipo de gente que queremos aqui em LaForge.

— E quanto à mulher dele? Ouvi dizer que ela é chinesa...

— Onde ela está? Como ninguém nunca a viu?

— Aposto que ele tem vergonha. Sabe que não é digna de viver entre pessoas decentes.

A última pessoa a falar foi um homem. Um homem que nunca conheceu a mãe de Hanna. As mãos da menina se fecharam em punhos tão apertados que suas unhas marcaram as palmas.

Ela engoliu em seco, depois olhou para Sam. Ele estava virado para a parede, mantendo o ouvido perto da janela. Mesmo à luz fraca do lado de fora, Hanna podia ver que ele mantinha os lábios e a testa franzidos. Ele não olhou para ela.

Hanna arfou. Teria sido o pai de Sam quem dissera aquilo?

Parecia que todo mundo estava falando ao mesmo tempo. As vozes estavam agitadas. A comoção continuou por alguns instantes, até que se ouviu uma batida forte de madeira contra madeira.

— *Ordem!* — o sr. Harris gritou. — Vamos discutir o assunto como pessoas razoáveis. Como cristãos, estão me ouvindo? Agora, Bill Baxter, você parece estar querendo falar. Vá em frente.

Hanna se lembrava de que o sobrenome de Sam era Baxter. Ela ficou imóvel, tomando cuidado para não olhar na direção dele.

— Harris, estamos todos aqui para construir uma vida nova para nossas famílias — disse o sr. Baxter. — Temos a chance de construir esta cidade exatamente do jeito que queremos. E o que não queremos é problemas.

Pelo menos concordamos com isso, Hanna pensou sombriamente.

— Não posso discordar de nada do que disse. — Era o sr. Harris quem falava de novo. — Até onde posso ver, nem Edmunds nem a filha dele criaram qualquer problema. Na verdade, essa família já fez algumas coisas boas aqui em LaForge. Charlie? Charlie Hart, onde está você?

— Bem aqui, sr. Harris.

— Charlie, onde você está trabalhando no momento?

— Na rua principal, construindo a nova loja do Edmunds.

— Ele está te pagando de forma justa?

— Ganho um bom salário, além do jantar.

— Uma nova loja — o sr. Harris disse. — Todos já vimos, fica diante da loja de ferragens do Wilson. Está sendo construída, o que significa que Edmunds é cliente regular da loja de ferragens e da madeireira. E da estrebaria. E da maior parte dos estabelecimentos da cidade. Alguém aqui se recusa a receber o dinheiro dele? Tenho certeza de que não é o caso.

Seguiram-se algumas gargalhadas.

— E provavelmente vocês já ouviram dizer que vai ser uma loja de roupas. Imagino que as senhoras estejam aguardando ansiosas a grande inauguração.

A sala ficou em silêncio. Houve um breve burburinho antes que o sr. Harris voltasse a falar.

— Acho que agora chegou a hora de ouvir Ben Edmunds.

Papai.

Capítulo 8

Hanna prendeu a respiração. Ouviu o pai pigarrear.

— O nome de minha esposa era May — ele começou. — Ela morreu há cerca de três anos, quando Hanna tinha onze.

Hanna concluiu que o silêncio que se seguiu foi de surpresa. Então ouviu alguns murmúrios, talvez de solidariedade.

— May era cristã, criada por missionários — o pai dela prosseguiu. — Depois que a mãe morreu, minha filha recebeu aulas de uma boa mulher, que trabalhava na igreja. Agora ela enfiou na cabeça que quer se formar. Parece que precisa frequentar a escola por mais dois semestres. Depois disso, vai me ajudar na loja. Queremos ficar por aqui e administrar um bom negócio. — Houve uma pausa. — Se houver algum problema, não partirá de nós.

Silêncio.
– Não acho que eles precisem ser expulsos da cidade. – Era a voz de Baxter de novo. – Mas tem que haver alguma lei para isso. Sei que pessoas de cor não podem estudar com nossas crianças. Nem índios. Não é igual para os asiáticos?
– É uma boa pergunta. O que diz a lei, Harris? – alguém perguntou.
Mais tumulto, seguido por mais batidas na madeira.
Desta vez, sr. Harris falou devagar:
– Tenho que admitir que não sei o que a lei diz nesse caso. Ainda não temos uma assembleia estadual, somos governados por Washington. Vou escrever algumas cartas para investigar e convocar outra reunião assim que obtiver uma resposta.
Aparentemente, o sr. Baxter ainda não estava satisfeito.
– Ela vai ser mantida fora da escola até então?
– Não. Ela vai continuar indo às aulas, desde que não haja problemas. Caberá à srta. Walters decidir pelo contrário, como no caso de qualquer outro aluno.
– Mas pode ser contra a lei!
A voz era de alguém que Hanna ainda não tinha escutado antes:
– Não sabemos. Talvez seja contra a lei impedir a menina de ir à escola. Faço parte do conselho da escola e tenho que decidir com base no que sei. Quando eu morava em Ohio, fazia parte do conselho de lá, onde todas as crianças com menos de dezesseis anos tinham que frequentar a escola.

– No estado de Nova York é assim também – outra pessoa concordou.

– Mas provavelmente não tem asiáticos por lá – o sr. Baxter insistiu. – Se tivesse, haveria uma lei proibindo...

– Baxter – o sr. Harris disse, com firmeza. – Tomamos nossa decisão. Se não gosta dela, pode escrever suas próprias cartas.

– Talvez eu faça exatamente isso – retrucou o sr. Baxter. Ele parecia querer brigar, mas não disse mais nada.

Hanna percebeu que provavelmente a reunião terminaria em breve. Ela voltou a se abaixar e se esgueirou para longe do galpão.

– Hanna! – Sam a chamou, num sussurro alto.

A menina parou e olhou para trás, preocupada que, se não o fizesse, ele pudesse chamá-la alto o bastante para que alguém ouvisse.

– Vejo você na escola – ele disse.

Pela voz dele, ela soube que estava sorrindo.

Enquanto corria para casa, Hanna tentou lembrar cada palavra que havia sido dita na reunião. Em vez disso, ela logo se pegou pensando em Sam. Não pôde evitar sorrir, e suas bochechas coraram de novo.

A emoção durou pouco.

Embora ela e o pai nunca tivessem falado a respeito, Hanna aos poucos tinha se dado conta do que ter deixado a Califórnia significava para seu futuro. Nos bairros chineses de Los Angeles e San Francisco, havia tantos homens e tão poucas mulheres que talvez ela conseguisse se casar com um chinês, apesar de ser mestiça.

Mas quanto mais para leste viajavam menos asiáticos encontravam. Ali mesmo, na metade oriental do território de Dakota, parecia não haver nenhum. Além disso, todos os territórios que haviam se tornado estados nos últimos anos tinham proibido o casamento entre brancos e não brancos.

Por isso Hanna fazia planos para um futuro em que não dependeria de ninguém além de si mesma. Ia terminar a escola. Depois trabalharia como costureira, a princípio para o pai, e um dia por conta própria.

Ela balançou a cabeça, como se para se livrar da imagem do rosto simpático de Sam. Não havia lugar naqueles planos para sonhar acordada com um menino branco, por mais gentil que fosse.

Chegando em casa, ela se apressou escada acima e se preparou para ir dormir. O pai havia instalado uma divisória de madeira no sótão da casa alugada para dividi-lo em dois cômodos. A metade dela ficava nos fundos. Hanna estava entrando debaixo da colcha quando o ouviu entrar.

Momentos depois, ela ouviu seus passos subindo os degraus. Ele parou na metade da escada.

– Hanna – o pai chamou baixo.

Ela agarrou a ponta da colcha. Não conseguia ver o rosto dele, nem sabia o que seu tom de voz significava.

– Sim, papai. Eu... eu ainda estou acordada.

Aquilo era ridículo. Se ela estava respondendo, era claro que não estava dormindo.

– Conversamos pela manhã – ele disse. – Mas, se vai me desobedecer, é melhor aprender a não deixar rastros. A porta ficou destrancada.

Isso foi tudo. Antes que Hanna pudesse responder, ele voltou lá para baixo.

Hanna respirou fundo. Ela sorriu ao virar-se de lado e se encolher um pouco.

O pai ainda conseguia surpreendê-la às vezes.

Na manhã seguinte, Hanna já sabia o que o pai ia dizer antes que ele falasse qualquer coisa.

– Não sei, Hanna. As pessoas já estão irritadas. Não estou gostando disso.

Ela esperou um pouco antes de falar.

– O sr. Harris disse que posso ir à escola até ele receber uma resposta de Washington quanto ao que diz a lei.

Ele não respondeu.

A tarde anterior tinha dado à menina um vislumbre tentador do melhor da escola. Se Hanna pudesse ter aulas como aquela pelo resto do semestre, poderia se formar, como sua mãe queria.

Mas havia outro motivo, um mais importante.

O mundo muitas vezes era injusto sem que ela pudesse fazer alguma coisa a esse respeito. Mas ela tinha aprendido com a mãe que devia lutar sempre que fosse possível, inclusive ali em LaForge.

Não era justo que as pessoas achassem que Hanna não poderia ir à escola porque era mestiça. Se parasse de ir, o sr. Baxter pensaria que ela havia cedido.

Seu rosto deve ter expressado o que ela não conseguia dizer, porque o pai suspirou, irritado, depois assentiu.

– Tudo bem – ele disse. – Você pode pelo menos ir até o fim da semana, uma vez que já demos tanto trabalho a Harris.

Naquela manhã, havia mais de meia dúzia de carteiras vazias na escola. Hanna não sabia exatamente quantos alunos haviam faltado, mas sabia que sua mera presença era o motivo da ausência dos outros. Dolly aproveitou as ausências mudando-se para outra carteira. Ela fez isso com estardalhaço e desdém suficientes para confirmar o que Hanna já sabia: que Dolly sentia que compartilhar a mesa com Hanna a rebaixava.

A srta. Walters não tocou no assunto dos alunos ausentes, e a aula da manhã prosseguiu sem problemas. Depois de aritmética e história, Hanna usou caneta e tinta para escrever um verso de um poema para a lição de caligrafia. Ela escolheu o "poema da mamãe", que sabia de cor:

A minha mãe, de E. K. Hervey
Sei que para a terra do teu descanso partiste
Por que então ficaria minha alma triste?
Sei que onde te encontras tudo é abençoado
Quem vive o luto olha para cima e é tranquilizado

Hanna amava treinar caligrafia. Recordava-se com carinho quando era pequena em Los Angeles e recebera um pincel e um potinho de tinta para brincar enquanto a mãe e um grupo de amigas praticavam a escrita chinesa. Nas mãos delas, os pincéis quase ganhavam vida, seus movimentos eram ao mesmo tempo fluidos, arejados e sólidos. A escrita delas era uma canção de tinta que escorria pelas cerdas.

Na época, ela ainda não sabia ler, mas copiara algumas das formas que as mulheres adultas faziam. Uma das amigas de sua mãe elogiou seu esforço. "Ela já tem um bom olho." A mãe respondera com a modéstia costumeira. "Ela é muito nova. Quem sabe se vai continuar assim?" Mas ela deu um sorrisinho discreto para a filha, que a deixou toda orgulhosa.

A mãe de Hanna adoeceu antes de poder ensinar mais caligrafia a ela. Escrever à caneta era muito diferente de usar o pincel. A escrita à caneta parecia áspera e trabalhosa em comparação. Ainda assim, aperfeiçoar sua caligrafia era outra maneira que Hanna tinha de manter a mãe por perto, fresca na memória – de impedir que ela se tornasse uma lembrança nebulosa.

Hanna achava que a caligrafia era um pouco como costura, já que a mão e a cabeça precisavam trabalhar juntas. Era diferente da leitura, por exemplo, que ocupava principalmente a cabeça, ou de tarefas como lavar a roupa, que suas mãos podiam executar quase que sem pensar. No caso da caligrafia, ela primeiro tinha de pensar no modo correto de escrever uma palavra, para depois fazer com que sua mão reproduzisse o que seu cérebro estava pensando.

Ela gostava em especial de fazer as letras que tinham hastes descendentes, e sempre tentava garantir que as perninhas ficassem bem alinhadas. Quando completava uma página caprichada, segurava o papel com o braço esticado para poder ver os traços da caneta sem ler o conteúdo. As hastes davam certo ritmo visual à página, conferindo-lhe forma e sentimento, além do significado das palavras.

Hanna terminou de copiar o poema e deixou a folha cuidadosamente para secar no canto da carteira. Embora o resultado não fosse perfeito, ela estava satisfeita. Perguntou-se por que nunca tinha pensado em pôr aquele poema no papel.

Durante o almoço, ela saiu da sala para usar a latrina. Ficou um tempo lá fora, vendo os garotos mais velhos brincarem com uma bola. Quando entrou na sala, muitos alunos já tinham retornado.

A folha com o poema não estava mais sobre sua carteira.

Capítulo 9

Hanna imediatamente procurou embaixo e ao redor da carteira. Não havia nada. Ela verificou o chão. Então olhou para o lado dos meninos na sala. Não era proibido que as meninas atravessassem o corredor, mas em geral elas só o faziam se a professora pedisse.

Sam viu que ela estava procurando algo.

– O que foi? – ele perguntou, provavelmente notando a perturbação em seu rosto.

– A tarefa – ela disse. – Eu deixei na carteira.

Sam ficou olhando por um momento.

– Foi isso que eles... – Sam parou e balançou a cabeça. – Acho que sei onde está.

Ele caminhou pelo corredor até o meio da sala.

Hanna o seguiu e ficou olhando enquanto Sam espiava o balde de água, ao lado da fornalha. Ele usou a concha para pescar uma folha de papel encharcada e a ergueu. Hanna arfou, desalentada. Era realmente o seu trabalho de caligrafia. Água escorria do papel, e quase todas as palavras haviam se apagado.

O choque durou pouco.

Ele sabia onde estava. E aposto que também sabe quem fez isso.

— Sam? Algum problema? – perguntou a srta. Walters, voltando à mesa.

— Hum, tinha um papel no balde, professora. Vou esvaziar e encher de novo, porque a tinta saiu na água.

Ele pegou o balde e saiu da sala depressa, dirigindo-se ao poço no canto do pátio da escola.

Hanna ainda estava de pé ao lado da fornalha.

— Hanna? Você teve alguma coisa a ver com isso? – a srta. Walters perguntou.

— O papel era meu, professora.

— Como foi parar no balde?

— Não sei, professora.

Hanna respirou fundo. *Eu poderia dizer que acho que Sam sabe... mas não cabe a mim.*

Devagar, ela fechou a boca.

— Você precisa tomar mais cuidado com suas coisas – a srta. Walters disse, rígida. – Por favor, volte para o seu lugar.

Em um instante, todo sinal de emoção deixou o rosto de Hanna. Ela andou até sua carteira e se sentou, tranquilamente – ainda que estivesse se sentindo tudo, menos tranquila.

Ela havia aprendido desde cedo a agir de modo diferente a como se sentia observando sua mãe. Hanna a tinha visto em todos os estados de humor. Em momentos de raiva, desprezo ou decepção, o rosto da mãe ficava completamente inexpressivo. Ninguém mais, nem mesmo o pai, poderia adivinhar o que ela estava pensando ou sentindo.

Exceto por Hanna. Ela e a mãe nunca haviam falado a respeito, mas Hanna de alguma forma tinha aprendido que havia vezes em que era útil – *crucial* – esconder seus pensamentos.

Agora ela estava confusa. Ficara triste com a advertência da srta. Walters. Ao mesmo tempo, tinha consciência de que era injusto esperar qualquer coisa diferente dela, porque a professora não tinha ouvido seu lado da história. Acima de tudo, Hanna estava preocupada... por causa do que o episódio poderia querer dizer sobre seus colegas de classe.

Hanna não queria que ninguém percebesse sua preocupação. Era uma fraqueza que poderiam usar contra ela.

Talvez tenha sido um acidente.

Ela sentiu um gosto amargo na boca. Estava com raiva de si mesma só de ter pensado isso, por ter sido colocada na posição de precisar *torcer* para alguém ter jogado sua tarefa fora por acidente.

Ela sabia que não se tratava de um acidente porque Sam mencionara algo sobre "eles".

E porque, quando os outros alunos voltaram para a sala, trouxeram consigo a névoa fria da má vontade de novo.

À tarde, Hanna precisou se esforçar ao máximo para se dedicar à aula de gramática. Ela e os colegas ficaram de pé na frente da sala, conjugando os verbos dados pela srta. Walters.

— "Amar", primeira pessoa do singular do presente do subjuntivo.

— Que eu ame.

Depois que cada aluno havia conjugado três verbos, a srta. Walters lançou o último desafio:

— Quem sabe como fica "manter" na terceira pessoa do plural do futuro do subjuntivo?

Hanna baixou os olhos, torcendo para que a professora não a chamasse. Quanto menos atenção atraísse, melhor. Nenhum aluno falou, e o silêncio se tornou constrangedor.

— Hanna.

Ela olhou para a srta. Walters, cujas sobrancelhas estavam erguidas, em expectativa.

Hanna pigarreou um pouco antes de responder:

— Quando eles ou elas mantiverem.

— Muito bem, Hanna.

Os alunos ficaram surpresos. De soslaio, Hanna reparou nas outras meninas, bem a tempo de pegar Dolly revirando os olhos em irritação.

Edith levantou a mão.

— Sim, Edith? — disse a srta. Walters.

— *Mantiverem*? É tão estranho! — a menina exclamou.

A srta. Walters sorriu.

– É um pouco estranho, concordo. No entanto, garanto que é gramaticalmente correto. Agora podem voltar às carteiras e compor cinco frases em suas lousas usando esse verbo no subjuntivo. Depois, podem começar a leitura.

Enquanto voltava pelo corredor, Hanna ouviu Dolly sussurrando atrás dela:

– Exibida.

Ela diria o mesmo se eu não fosse mestiça?

Quantas vezes Hanna já havia se perguntado aquilo? Ela sempre esperava que os comentários cruéis se devessem a mal-entendidos, que não significassem nada e fossem esquecidos logo a seguir. No entanto, com frequência nasciam, na melhor das hipóteses, da falta de reflexão ou da ignorância; na pior, da pura maldade.

Por que sempre me incomoda quando as pessoas dizem algo assim? Qual é o meu problema? Por que sempre duvido não só deles, mas de mim mesma?

Ela odiava ter tais pensamentos. Às vezes, eles circulavam em sua cabeça até que Hanna se sentia tonta e tão confusa que se entregava às lágrimas. Ela prendeu a respiração, determinada a não chorar na escola de jeito nenhum. Escreveu suas cinco frases rápido, para poder pegar o livro. Repetidas vezes, a leitura a havia salvado de seus próprios pensamentos, e Hanna rezou para que a salvasse agora também.

De fato, ela logo estava envolvida no relato do sr. Audubon sobre os pombos-passageiros. O autor escrevia sobre a grande quantidade deles e descrevia seu voo de maneira tão vívida que suas palavras a emocionaram.

A imagem de uma grande massa de pombos sobrevoando ainda estava na mente de Hanna quando ela fechou sem pressa o livro. Alguns momentos se passaram antes que ela voltasse a prestar atenção ao seu entorno. Hanna ouviu a srta. Walters pedir que todos recolhessem seus livros e lousas.

O dia escolar finalmente havia terminado.

Capítulo 10

No dia seguinte, mais injúrias se seguiram. Sua caneta havia sumido. Ela abriu a marmita e descobriu que alguém a havia enchido de água. O pão tinha desmanchado e o pedaço de carne de porco salgada estava empapado. Uma lousa era passada de mão em mão sempre que a srta. Walters estava de costas. Hanna conseguiu dar uma olhada enquanto os alunos do quarto livro à sua frente riam. Alguém havia desenhado uma caricatura grosseira e cruel do rosto dela, com dentes grandes e traços no lugar dos olhos. Acima do desenho, estava escrito: "Chinesa imunda!" Abaixo dele: "Quando te mantiverem em casa, ficaremos felizes."

A mágoa dela aumentava e, junto, a raiva. Hanna sentia a fúria crescendo e pegando fogo dentro de si. Precisava impedir aquilo.

Eles querem que eu perca o controle ou revide de alguma forma. Aí vão poder dizer que crio problemas e vão me tirar da escola.

Ela não daria aquela satisfação a ninguém.

Pelo resto do dia, Hanna manteve a cabeça baixa, para não ter de olhar nos olhos de ninguém, concentrou-se nos estudos e se certificou de manter a expressão neutra. Quando a aula acabou, ela estava exausta.

Mas o dia ainda não havia terminado. Hanna correu pela rua transversal como se fosse possível deixar tudo de desagradável para trás chegando em casa o mais rápido possível. Quando estava perto do beco atrás das construções da rua principal, ela ouviu ruídos abafados e vozes, então parou.

– Chega! Esquece isso!

– ... se eu te pegar de novo...

Sam. *A segunda voz era dele.*

Hanna se manteve onde estava, escondida atrás dos estábulos e montes de feno alinhados no beco. Sam apareceu, arrastando outro menino pelo colarinho. Era um dos irmãos Heywood, Tommy ou Jimmy. Eles nem tinham a mesma idade, mas ambos estavam no quarto livro, e eram tão parecidos que Hanna não conseguia diferenciá-los. O que Sam estava fazendo?

Sam deu um último empurrão no menino.

– Tommy... só cai fora daqui! – ele gritou.

Tommy quase perdeu o equilíbrio, mas se segurou e foi embora. Sam atirou algo na direção dele. O que quer que fosse, atingiu um varão onde cavalos eram amarrados e se estilhaçou. Sam ficou olhando até que Tommy sumisse de vista, então seguiu seu caminho pela rua transversal.

O coração de Hanna batia forte. Ela saiu furtivamente para a rua e pegou um dos cacos do objeto que Sam havia atirado.

Era um pedaço de lousa. A palavra "mantiverem" continuava legível, embora borrada.

Sexta-feira. Hanna nunca agradecera tanto pelo fim da semana. *Só preciso suportar mais um dia.*

A srta. Walters passou a tarde atribuindo a cada aluno um texto para recitar. Em três semanas, haveria uma apresentação para comemorar o fim do semestre.

– Os alunos do quinto livro vão poder fazer sua própria escolha – a srta. Walters disse –, que passará pela minha aprovação. Por favor, venham preparados para discutir suas opções na segunda-feira. Gostaria que cada um de vocês selecionasse pelo menos três textos para que possamos tomar uma decisão juntos e evitar que vários alunos recitem a mesma coisa. Por hoje, estão dispensados.

Hanna nunca havia recitado um texto diante de um público. Dava para perceber que apenas alguns poucos alunos haviam gostado da ideia, mas ninguém ficou surpreso. Aparentemente, aquele tipo de apresentação fazia parte da rotina escolar.

Ela estava ao mesmo tempo intrigada e apavorada. Ficar de pé sozinha diante da maior parte da cidade, provavelmente, e recitar um poema ou um trecho de prosa? E se ela esquecesse o texto? E se errasse e gaguejasse enquanto recitava? E se congelasse e não conseguisse dizer uma palavra que fosse?

Esses pensamentos a consumiam enquanto ela se preparava para ir embora. Hanna havia chegado à conclusão de que era melhor ser a última a sair da sala. A maior parte dos alunos ficava ansiosa para partir e corria para a porta no momento em que a professora os dispensava. Se Hanna se demorasse para arrumar a carteira e pegar seus livros, o pátio da escola se encontraria vazio quando ela saísse, de modo que não precisaria se preocupar com os outros alunos.

A srta. Walters sempre era simpática na saída. Naquele dia, Hanna percebeu que ansiava pela despedida dela por dois motivos: porque representaria o fim de uma semana angustiante e porque ao mesmo tempo seria algo banal. A professora se despedia de todos os alunos. Não importava de quem se tratava ou que cara tinham. E aquilo incluía Hanna.

Para seu alívio, ficou muito ocupada tanto na noite de sexta quanto no sábado, o que lhe deixava pouco tempo para se preocupar. O pai pediu que ela organizasse as mercadorias que estavam empilhadas na sala da casa alugada. Ela também fez uma visita rápida à construção da loja.

Ela ainda não havia visto o lugar. Tirando a escola, ela passava os dias dentro de casa. Logo, começaria a se sentir confinada e inquieta, mas por ora suas aulas já eram aventura o suficiente. Depois de tantas semanas na carroça, Hanna estava gostando de ficar em um lugar com um teto firme, um fogão e uma cama macia à noite.

A casa alugada ficava na esquina da rua principal com a transversal; a loja ficava no lado leste da rua principal, na direção da estrebaria. Da calçada diante do terreno, Hanna ficou observando o pai usar o prumo para ver se a estrutura estava alinhada enquanto Charlie Hart martelava.

O sr. Hart era um homem atarracado e robusto na faixa dos trinta anos, que tomara um terreno no norte da cidade e tinha uma noiva chamada Angela em Ohio. Ele estava trabalhando para juntar dinheiro o bastante para uma casa, que seria construída no lugar da cabana simples em que vivia no momento. O sr. Hart esperava voltar a Ohio depois da colheita, casar-se e trazer Angela para a cidade antes do inverno.

Ele tinha cabelo e barba ruivos e pele tão branca que estava sempre queimado do sol. O pai havia dito que o sr. Hart era confiável e excelente na carpintaria.

– É melhor que eu, tenho que dizer – ele admitira.

Hanna ficara impressionada, porque o pai era um bom carpinteiro.

– Em seguida vamos instalar a porta da frente – ele disse.

Hanna olhou para cima e para baixo na rua. A estrutura das fachadas das lojas era sempre igual: duas janelas com uma porta no meio. Ela imaginou os clientes entrando na loja nova e sentiu uma pontada de expectativa.

– A porta já foi comprada, papai?

Ele negou com a cabeça.

– Charlie vai fazer a porta. Diz que vai ficar melhor do que uma comprada. Por quê?

– Crinolina – ela respondeu. – Está voltando à moda e deixa as saias largas demais para passar por uma porta comum. As mulheres têm que parar e puxar as saias. É um incômodo.

O sr. Hart tinha parado de martelar e estava ouvindo.

– Hum. Já vi as mulheres fazerem isso, mas nunca tinha pensado a respeito.

– Seria bom ter a única loja da rua em que as mulheres pudessem entrar com facilidade – Hanna disse.

O sr. Hart coçou a cabeça, sob o chapéu.

– Posso fazer uma porta dupla – ele disse. – E uma janela em vez de duas, só que maior.

Hanna assentiu.

– Uma janela maior seria boa para mostrar as roupas – ela disse. *Para os vestidos*, ela acrescentou mentalmente.

O pai levou as mãos à cintura.

– Então vocês dois já decidiram tudo? – ele perguntou.

Hanna prendeu a respiração ao olhar para ele. Tinha ficado bravo?

O pai entregou o prumo para o sr. Hart ao passar por Hanna.

– É melhor eu ir à madeireira. Vou precisar de mais material para a porta dupla.

Hanna passou a maior parte do sábado organizando os suprimentos para a loja que haviam trazido consigo de Cheyenne. A caixa de botões. Carretéis, fitas, linhas para bordado. Agulhas e alfinetes, fechos variados, caixas de giz de costureira. Algumas meadas de lã.

Um rolo de fita vermelha lisa estava quase no fim. Hanna puxou o que restava. Tinha um pouco mais que a envergadura de sua mão, provavelmente com pouco menos de vinte e três centímetros. As duas pontas estavam desfiadas e teriam de ser aparadas. Não serviria nem para uma fita de pescoço. Apenas o suficiente para um laço decorativo. Hanna aparou as pontas e enrolou o pedacinho de fita com cuidado, deixando-o de lado em seguida. Encontraria um modo de usá-la depois.

Naquele dia, ela também fizera algo que já desejava havia algum tempo. A trança de nabos estava pendurada em um prego na parede da cozinha desde que eles haviam se mudado para a casa alugada. Ela cortou meia dúzia de bulbos e os colocou de molho em uma tigela. *Vão estar prontos para cozinhar na terça-feira.*

Era motivo de certa animação, experimentar algo que nunca havia comido. Hanna torcia para que fosse gostar, mas, mesmo que não fosse o caso, pelo menos aquilo tornaria a refeição mais interessante.

No domingo, ela e o pai foram à missa, que era realizada no galpão. Eles entraram quando a missa estava começando e foram embora durante o último hino religioso. Era a primeira vez de Hanna ali; na semana anterior, o pai havia ido sozinho. Embora algumas pessoas sentadas nos fundos tivessem visto os dois entrando, ninguém falou com eles. Hanna ficou desconcertada com os olhares e cutucões, mas sabia que era bom que a vissem na missa. Era um motivo a menos para implicarem com ela.

Hanna lembrou o pai de pagar o dízimo. A mãe sempre insistia para que ele o fizesse em agradecimento aos missionários que haviam cuidado dela na China.

Naquela noite, Hanna dormiu mal, imaginando o que enfrentaria na escola no dia seguinte. Os lençóis pareciam ásperos, a colcha ficava enrolando não importava quantas vezes tentasse endireitá-la. Ela passou pelo menos metade da noite se revirando.

A manhã de segunda-feira chegou rápido demais.

Capítulo 11

Os passos de Hanna ficavam mais lentos conforme ela se aproximava da escola. Ela teve de forçar seus pés a andar até o alpendre. Foi só quando tirou o chapéu que notou o silêncio.

Então Hanna percebeu que não havia ninguém no pátio. Não havia ninguém no alpendre, e ela soube antes de entrar na sala que não haveria nenhum aluno lá dentro também.

A srta. Walters estava sentada à mesa, escrevendo no livro de registros. Quando Hanna se sentou em seu lugar, ouviu passos no alpendre.

Sam entrou, seguido por Dolly, Bess e Sadie, irmã de Bess. Nenhum outro aluno havia chegado quando a srta. Walters bateu na mesa para dar início à aula.

Hanna olhou de relance para Sam. Ele se debruçou sobre um livro, mas dava para notar que não estava lendo, porque olhava para o nada. Seu semblante em geral animado fora substituído por uma carranca, o que fez o estômago de Hanna se revirar, com um mau pressentimento.

– Bom dia, alunos. Por favor, peguem os livros de leitura.

A srta. Walters aparentemente queria que a aula seguisse como sempre, apesar da ausência da maior parte dos alunos. Hanna viu Bess e Dolly trocarem olhares interrogativos.

Então alguém bateu timidamente à porta. Hanna se virou e viu Pearl Baxter, irmã mais nova de Sam, no batente.

– Bom dia, srta. Walters – ela disse, num volume que mal passava de um sussurro.

Hanna sentiu um leve movimento do outro lado do corredor. Ela olhou naquela direção e notou que Sam havia afundado ainda mais na cadeira. O livro escondia quase todo o seu rosto, deixando apenas o topo de sua testa visível.

– Entre, Pearl – a srta. Walters disse.

– Eu... não, professora. – Pearl deu um passo para o lado e apoiou a mão no batente da porta. – Só vim... vim buscar Sam.

A srta. Walters inclinou a cabeça ligeiramente.

– Espero que não tenha acontecido nada – ela disse, gentil.

— Não... não, professora. Mamãe pediu para dizer que ela precisa da ajuda dele. — Pearl parecia prestes a chorar. — Sam? Mamãe disse que se eu voltar sem você vou levar uma surra.

Hanna cerrou os dentes em meio aos sentimentos familiares de raiva e desamparo. *Coitadinha. A própria mãe a assusta assim.*

Sam se levantou na mesma hora.

— Tudo bem, Pearl, não é culpa sua. Eu vou com você. — Ele foi até a porta, então parou e olhou para a srta. Walters. — Sinto muito, professora.

A srta. Walters pigarreou.

— Sam, por favor, diga a seus pais que se não é época de plantio ou colheita, a lei exige que as crianças estejam na escola. Exceto em casos de doença ou morte na família.

— Sim, professora. — Ele balançou a cabeça, então murmurou: — Eles sabem disso.

Sam pegou a mão da irmã. Ela olhou para ele, com o lábio inferior trêmulo. Sam fez uma careta, ficando vesgo e mostrando a língua. Para alívio de Hanna, Pearl sorriu.

Eles foram embora, fechando a porta com cuidado. Nenhum dos dois se despediu.

Hanna respirou fundo, tentando relaxar a mandíbula. *Pensei que fossem me tirar daqui. Não imaginei que fossem tirar os próprios filhos.*

Indo à escola, ela impedia quase todos os outros alunos de receber educação. *Não posso fazer isso. Tenho que sair da escola.*

Eles tinham conseguido, as pessoas da cidade que estavam contra ela.

Em meio à decepção terrível, Hanna também teve de valorizar Sam. Os pais dele se incomodavam com a presença dela na escola. Queriam que Sam ficasse em casa. Mas ele lhes desobedecera e escapulira de casa – algo que exigia muita coragem.

A srta. Walters estava sentada, com os dedos cruzados sob o queixo, parecendo pensar. Então levantou a cabeça e olhou para Hanna, Bess e Dolly, no fundo da sala.

– Turma do quinto livro, por favor, se levante e venha para a frente.

Sua voz soava perfeitamente normal. Hanna só conseguia olhar, congelada de surpresa.

– Turma do quinto ano? – a srta. Walters repetiu, um pouco mais severa.

Hanna se colocou de pé e viu Bess e Dolly se levantaram também, tão intrigadas quanto ela própria.

– Meninas, vocês estão aqui para estudar, certo?

– Sim, professora – Hanna disse.

– Sim, professora – Bess ecoou, enquanto Dolly só assentiu, com os olhos arregalados.

– Fui contratada para dar aulas. Cumprirei meu dever ensinando qualquer aluno presente – a professora disse, com a voz cada vez mais alta e as bochechas coradas, quase parecendo zangada.

Os olhos de Hanna encontraram os da professora e se demoraram ali. A srta. Walters havia feito com que se desse conta de algo importante.

Ela tem uma escolha. Pode pedir ao conselho que proíba que eu venha à escola. Mas não está fazendo isso.

As famílias dos outros alunos podiam mandá-los para a escola ou não.

São livres para escolher.

E eu também sou.

Hanna ergueu ligeiramente o queixo, e a srta. Walters pareceu reconhecer aquilo com o mais leve aceno de cabeça.

Depois, ela sorriu, deu de ombros e disse:

— Mas parece meio bobo vocês ficarem sentadas na fileira dos fundos. Por que não ocupam as carteiras da frente?

As três levaram os livros para seus novos lugares na segunda fileira, perto de Sadie. A srta. Walters abriu seu livro, e a aula começou.

A manhã foi bastante comum. A aula correu como de costume. Não, na verdade, melhor ainda. Sadie, que era pequena para sua idade, pálida e tímida, estava claramente adorando ter a irmã mais velha, Bess, sentada ao seu lado. A srta. Walters pôde concentrar toda a sua atenção apenas nas duas turmas – a de Sadie, que estava no terceiro livro; e a das meninas mais velhas, do quinto. A sala também ficou mais silenciosa, fosse por haver menos alunos, por não haver meninos ou por conta de ambos.

Hanna gostou especialmente da parte de história, quando ela e Bess se revezaram para responder às perguntas da srta. Walters. Dolly desistiu depois de uma única pergunta, confessando que não sabia a lição.

Na hora do almoço, Bess e Sadie foram comer em casa. A família de Dolly morava longe demais para que ela pudesse fazer o mesmo, mas ela nunca ficava na escola. Em geral, passeava pela cidade, parando para olhar as lojas.

– Quer dar uma volta comigo? – Dolly perguntou.

Ela estava olhando para Hanna, que ficou tão surpresa que quase espiou por cima do ombro para conferir a quem a outra menina poderia estar se dirigindo. Mas não havia mais ninguém lá, claro.

– Eu... eu ia repassar a lição de ortografia – Hanna disse.

– Já vi você soletrando – Dolly respondeu, com um sorriso simpático. – É a melhor da sala, junto com a Bess. Você não precisa repassar a lição. Vamos dar uma volta.

O convite inesperado deixou Hanna nervosa.

– Pode ser... mas não sei... prefiro não ir para o centro...

– Não tem problema. Podemos contornar o pátio da escola, e você me acompanha só até a rua principal.

O pátio da escola se restringia a uma campina, com um poço no meio e a latrina em um canto. Não era um pátio de verdade, era só um espaço entre a escola e a rua. A cidade provavelmente planejava abrir uma vereda e acrescentar plantas e talvez até algumas árvores no ano seguinte, mas, no momento, o terreno da escola parecia rústico e inacabado, como a própria LaForge.

Hanna e Dolly caminharam pelo entorno da propriedade.

– É estranho, não é? – Dolly comentou, com uma risadinha. – Só nós quatro na escola...

– Então... seus pais não se importam que você estude comigo?

– Ah, eles nem sabem. Só vêm à cidade uma ou duas vezes por mês, por isso ainda não ouviram a seu respeito, e eu não contei a eles.

Hanna pensou a esse respeito.

– E o que você acha que eles vão dizer quando descobrirem?

– Vão me fazer parar de vir, claro – Dolly respondeu.

Hanna não disse nada. Estava claro que Dolly não tinha noção de que o que havia acabado de dizer a magoara. Hanna ficou brava consigo mesma por não ter previsto aquela resposta. E chateada.

Dolly enlaçou o braço de Hanna, assustando-a tanto que ela instintivamente o puxou de volta.

– Ora – Dolly disse. – Eu não mordo, prometo!

Ela soltou outra risadinha.

Dolly não é muito... confiável. Até agora, torceu o nariz para mim, e escolhe justo hoje para começar a ser simpática? Não pode ser coincidência. É porque os outros alunos não estão aqui para ver.

Hanna respirou fundo e relaxou o braço, mas sem baixar a guarda, porque ainda achava que devia ser cautelosa com Dolly. De qualquer modo, aquilo era agradável, caminhar com uma menina de sua idade, mesmo uma de que tivesse de fingir gostar.

— Nunca conheci nenhum chinês antes — Dolly disse, quando chegaram ao outro lado do pátio. — É até empolgante.

— Imaginei que não — Hanna disse, baixo. — O território de Dakota não fica muito a oeste. Há muitos chineses e asiáticos em geral quando se vai mais para oeste.

— Minha nossa, aqui já é a oeste o bastante para mim! — Dolly exclamou. — Eu adoraria voltar para o leste. Onde há muitas lojas, lojas de verdade, e coisas interessantes para fazer. É tão *maçante* aqui. Nunca tem nada para fazer, além de trabalhar.

Ela fez beicinho por um momento, mas logo recuperou o bom humor.

— Olha, eu queria perguntar uma coisa a você. Sei que não vai se importar porque viu que não tem nenhum outro chinês aqui. Você não se importa, não é?

— Só vou saber depois que você perguntar — Hanna disse.

Dolly gargalhou.

— Ora, é claro que não! Como sou boba. Às vezes nem eu sei o que vai sair da minha boca.

Então, ela se aproximou um pouco mais de Hanna.

– Seus olhos – Dolly disse. – O formato é tão diferente. Você tem dificuldade de enxergar?

Hanna não percebera que vinha segurando o fôlego. Ela exalou, soltando o ar aos poucos, o que não era fácil, considerando que o que de fato queria fazer era suspirar pesadamente.

Um suspiro de cansaço.

Capítulo 12

Às vezes, parecia que os brancos eram obcecados por seus olhos. Hanna nem sabia o número de vezes que algo assim havia lhe acontecido. As crianças puxavam os cantos dos próprios olhos para zombar dela. Crianças e até mesmo adultos gritavam: "Olhos puxados!", "Olhos esticados!", "Olhos de chinês!"

E havia aqueles como Dolly, que talvez não estivessem tentando ser indelicados, mas não pensavam melhor antes de falar. A crueldade doía. A falta de consideração a exauria.

Dolly aparentemente concluiu que o silêncio de Hanna se devia à timidez.

– Tudo bem, pode me falar – ela disse. – Não vou sair contando, se você não quiser que as outras pessoas fiquem sabendo.

Dolly deu um tapinha reconfortante no braço de Hanna.

Se ela achasse que ia ajudá-la a se dar bem com as outras meninas, contaria tudo em um estalar de dedos.

— Você mesma disse que sou boa em soletrar.

Dolly franziu a testa, claramente intrigada com a mudança de assunto.

— Sim, mas...

— Para me sair bem, tenho que estudar o livro de ortografia.

— Sim, claro, mas ainda não... ah.

Dolly ficou em silêncio por um momento, depois se virou e fixou os olhos em Hanna.

Hanna manteve a expressão impassível. Sabia que Dolly a examinava, tentando determinar se havia alguma antipatia no que havia dito.

— Então isso quer dizer — Dolly começou a falar, devagar — que você enxerga perfeitamente bem. Porque consegue ver todas as palavras no livro. — Seu humor voltou a se alterar, e outra risadinha veio. — Bem, você tem que admitir que é uma pergunta natural, considerando a forma dos seus olhos. Eles sendo menores e tudo.

Hanna sentia que sua paciência estava se esgotando.

— Na verdade, quando a gente reflete um pouco a respeito, dá para ver que não é muito lógico. Ned tem olhos grandes, não é? Maiores que os de Albert. Mas ninguém pergunta a Albert se ele enxerga pior do que Ned.

Dolly piscou, claramente confusa.

– Os olhos de Ned são lindos, não é mesmo? Você não acha que ele é o mais bonito dos meninos? Mas acho que Sam é o mais divertido...

E com isso as tagarelices dela se concentraram nos meninos. Hanna se permitiu sentir certa satisfação. Ela havia conseguido dizer o que queria.

Elas seguiram na direção da rua principal. Conforme se aproximavam da esquina, Hanna passou a andar mais devagar e interrompeu o monólogo de Dolly.

– Acho que já vou voltar – ela disse.

– Não quer ver as lojas comigo? Sempre chegam coisas novas quando o trem de carga passa.

Hanna balançou a cabeça.

– Não, obrigada.

Quando ela se voltou, uma carroça virou a esquina, tão rápida e desenfreada que as duas meninas tiveram de sair de seu caminho. Ela sacolejou e parou um pouco depois delas.

O homem que desceu tinha rosto vermelho e barba grisalha sob o chapéu de palha surrado. Ele olhou feio para Dolly.

– Entre – disse, sucinto e furioso.

Dolly olhou para Hanna e deu de ombros, mas Hanna percebeu que ela estava assustada. O homem estendeu a mão, puxou Dolly pelo braço e praticamente a arrastou para a carroça.

– Papai, o senhor está me machucando! – Dolly gritou.

— Acha que isso dói? — ele gritou. — Espere até chegar em casa! Sorte a sua que não a peguei na rua principal! Poderia ter nos desgraçado diante de toda a cidade!

Hanna ficou paralisada. *Ele acha que ser visto comigo é uma desgraça.*

Ela desejou poder simplesmente desaparecer em uma nuvem de fumaça. Tentou pensar na mãe. *O que ela faria? O que ela diria?* Mas a humilhação deixava sua mente vazia.

O pai de Dolly fez os cavalos andarem, inclinou-se para o lado e cuspiu. Não *em* Hanna, mas sem dúvida na direção dela. A menina viu o cuspe atingir o chão.

Ela não podia desviar o rosto, mas fechou os olhos com força. Por um longo momento, ficou morrendo de medo de suas pernas fraquejar. Hanna firmou os joelhos e pressionou um contra o outro com tanta força que seus ossos doeram.

Aquilo era demais. Ela achara que precisava suportar o que fosse, mas aquele dia tinha extrapolado. Primeiro, todas as famílias haviam mantido os filhos em casa. Depois, viera a pergunta impensada de Dolly sobre seus olhos. E agora aquele desprezo cruel...

Hanna se forçou a abrir os olhos, destravou os joelhos e começou a andar. Quando chegou à escola, nem se lembrava de ter caminhado até lá. Depois de se sentar, ouviu a srta. Walters perguntar:

— Hanna, você sabe onde Dolly está?

— O pai dela... digo, o sr. Swenson a levou para casa, professora — ela respondeu.

Hanna ficou impressionada com sua própria voz. Era como se outra pessoa tivesse falado, como se ela própria tivesse sido reduzida ao tamanho de uma ervilha seca e outra pessoa houvesse assumido seu corpo, movendo-se e falando com toda a calma.

O resto da tarde foi um borrão.

Quando finalmente voltou para casa, subiu correndo as escadas e se jogou na cama na sua metade do sótão. Hanna achou que ia começar a chorar, mas seus olhos permaneceram secos.

Ela cobriu a cabeça com o lençol e se virou de lado. Não se moveu até que sua respiração parou de sair entrecortada.

Então a mãe veio a ela.

"Lembra o que eu disse? Sobre quando está triste, quando sente saudade demais de mim ou quando fica brava?"

Sim, mamãe. Não, mamãe.

Ela se lembrava. Mas, naquele momento, não queria lembrar.

"Pare de pensar em si mesma. É aí que a tristeza está, dentro de você. Olhe para fora. Para as outras pessoas. Faça coisas por elas, isso vai trazer sentimentos bons e deixar menos espaço para os ruins."

Hanna se virou de costas e movimentou os lábios contra o lençol sobre o rosto, como se dissesse o que pensava, mas sem produzir som. *Não consigo, mamãe. Estou cansada demais.*

"Sempre comece com uma única coisa. Algo pequeno."

Hanna grunhiu, afastou o lençol e se sentou.

– *Uma* coisa. Só isso. Depois vou voltar para a cama.

Sobressaltada, ela se deu conta de que havia dito aquilo em voz alta. Foi até a divisória do sótão e pegou as botas do pai, as melhores que ele tinha, que usava para ir à igreja e fazer visitas. Hanna desceu até a cozinha e pegou o avental. Colocou um pedacinho de cera de abelha numa panela e levou ao fogo. Enquanto a cera derretia, ela acendeu a lamparina e segurou um prato sobre a chama. O prato estava lascado, não sendo mais adequado para refeições. Agora, era usado para pegar fuligem. Ela acrescentou óleo de castor à cera derretida, depois levou tudo para o alpendre e se ajoelhou no chão.

Depois de mergulhar um trapo na panela, ela o passou na fuligem e começou a esfregar a bota. Polir sapatos era uma das tarefas de que menos gostava. A combinação de cera, óleo e fuligem fazia muita sujeira. Mas, pelo menos, o resultado era satisfatório: as botas sempre ficavam muito melhores depois que ela havia acabado, parecendo novas.

Ela acabou não voltando para a cama depois daquilo. Pegou e desdobrou seu pedaço de papel pardo e começou a desenhar.

Nenhuma de suas modelos de vestido eram pessoas específicas. Uma forma oval era a cabeça, com alguns traços rápidos representando o cabelo, mas sem traços faciais. Daquela vez, no entanto, Hanna desenhou um vestido em um corpo esbelto e gracioso.

O corpo de Dolly.

Ela incluiu todos os detalhes que achou que Dolly ia gostar, no estilo mais moderno do Leste. O corpete lembrava uma sobrecasaca, com uma sobressaia aberta na frente, revelando uma anágua de múltiplas camadas de renda. Ainda tinha babados no decote e um laço grande de cetim nas anquinhas.

Era uma estranha forma de vingança. Tinha desenhado para Dolly um vestido que ela cobiçaria avidamente, mas nunca poderia ter.

Enquanto fazia o pão para o jantar, Hanna considerou se devia ou não contar ao pai o que havia acontecido com Dolly e o sr. Swenson. Ele já presenciara aquele tipo de zombaria e insulto muitas vezes, direcionado à mãe de Hanna. Pouco antes de morrer, a mãe havia falado com a filha algumas vezes sobre ser ridicularizada e intimidada. Hanna sentia que a mãe tocava no assunto porque sabia que não viveria muito, e aquela ideia deixava a menina triste demais para dar a devida atenção à mãe.

Hanna tinha uma vaga lembrança do que a mãe havia lhe dito. Seus pais tinham saído para passear em Los Angeles, algumas semanas depois de se casarem. Um homem fez zombarias e insultou a mãe, o que deixou o pai de Hanna tão bravo que ele quase o esganou até a morte. A mãe morreu de medo de que ele fosse preso e acusado de agressão.

Então, Hanna havia concluído que, sempre que possível, precisava impedir que o pai soubesse desse tipo de episódio. Mas era complicado.

– Seu pai é um bom homem. Tem um bom coração – a mãe de Hanna havia dito a ela. – A maior parte dos homens brancos acha que as mulheres chinesas são só para... se divertir. Nunca se casariam com uma.

O pai amava Hanna e a esposa, mas, ao mesmo tempo, tinha dificuldade de aceitar que a maior parte dos brancos as reprovava... e nunca era fácil para uma pessoa, incluindo o pai, livrar-se das atitudes com as quais foi educada.

Recordando essas conversas, Hanna entendeu que era melhor simplesmente evitar o assunto com o pai. Colocá-la na escola já tinha sido difícil o bastante; ele não precisava de outros lembretes dos problemas que advinham do fato de ela ser mestiça. Talvez o pai tivesse até ouvido que a maior parte das famílias não ia mandar os filhos para escola, mas não havia dito nada a Hanna.

Ela abriu a massa do pão. Uma dor repentina a percorreu, como se levasse um soco no estômago.

Sabia exatamente do que se tratava. Tinha acontecido antes e sem dúvida aconteceria de novo. Era um pedaço de seu coração se partindo de saudade da mãe.

Para a mãe, o fato de Hanna ser mestiça era a coisa mais linda do mundo.

Capítulo 13

De certo modo, o restante da semana foi maravilhoso. Hanna, Bess e Sadie eram as únicas alunas na escola. A srta. Walters adaptou as aulas às necessidades delas, fazendo com que as duas meninas mais velhas se dedicassem mais à aritmética. Hanna também prestou especial atenção nas aulas de história.

Além de desfrutar da escola, o trabalho em casa ficou um pouco mais interessante quando ela cozinhou o nabo-da-campina, na terça à noite. Amolecidos após ficarem em molho por três dias, eles cozinharam bem. Hanna estava tão ansiosa para experimentar que queimou o céu da boca.

O pai havia dito que parecia um pouco com batata e um pouco com o nabo comum, e ela concordava. Era mais substancial do que o nabo comum, mas não tinha tanto amido quanto a batata. Ela ficou encantada com a adição de um novo sabor ao que muitas vezes parecia um cardápio imutável composto de fubá e feijão.

Naquela semana, a srta. Walters sempre encontrava tempo para uma sessão de leitura, o que deixava todas felizes. Na quarta-feira, elas passaram uma hora inteira lendo em voz alta umas para as outras. Bess e Hanna se alternavam para escolher textos do sexto livro.

Do sexto, e não do quinto.

Hanna se perguntou por que a srta. Walters havia trocado o livro delas. Perto do horário da saída, na sexta-feira, a professora finalmente falou a respeito:

– Bess e Hanna, tive uma ideia e gostaria de discutir com vocês. Hanna, seu pai me disse que você ia precisar de mais um ou dois semestres para se formar. Avaliando seus estudos, tenho que discordar. Acho que você já está quase pronta.

A professora sorriu.

Hanna se ajeitou na cadeira. Não estava acostumada a receber elogios.

– Eu... hum, obrigada, professora.

– Bess, na minha opinião, você se encontra na mesma condição. E sei que espera se tornar professora no futuro.

– Sim, professora – Bess respondeu.

Hanna ficou surpresa. Entre as meninas mais velhas, Edith era a que parecia levar mais jeito para professora. Era simpática, vivaz e nunca se mostrava nervosa quando era escolhida para responder, enquanto Bess muitas vezes lembrava Hanna dela mesma, como se precisasse se forçar a falar. No entanto, embora Bess falasse baixo, ela sempre falava com clareza.

– Temos uma oportunidade incomum aqui – disse a srta. Walters. – O sr. Harris escreveu a Washington para perguntar sobre... sobre certas leis envolvendo a matrícula e a frequência escolar. As famílias dos outros alunos pretendem esperar até que ele receba a resposta. Temos só mais duas semanas até o fim do semestre, e duvido muito que ele receba qualquer resposta antes disso.

Ela cruzou as mãos e se inclinou para a frente para falar com as meninas com seriedade.

– Com tão poucos alunos, decidi que não haverá nenhuma apresentação. Pensei em encerrarmos o semestre de outra maneira. Acho que, se vocês duas estudarem com muito afinco as lições que selecionei, estarão preparadas para fazer as provas de graduação no último dia. Provavelmente não tirarão notas tão altas quanto se tivessem mais tempo para se preparar, mas, caso se saiam como espero, completarão seus estudos e receberão seus diplomas do conselho escolar.

Hanna percebeu então o que a srta. Walters *não* estava dizendo. Se ela se formasse, as famílias da cidade voltariam a mandar os filhos para a escola no semestre seguinte porque ela não estaria mais ali. Era um meio-termo insatisfatório.

Ovos podres. Assim o problema será contornado, e não encarado.

Bess respondeu primeiro.

– Vou falar com meus pais, professora. Eu gostaria de me formar este semestre. Se conseguir tirar meu certificado de professora e começar a lecionar no próximo semestre, será de grande ajuda para minha família. Acho que eles vão concordar com isso.

– Muito bem, Bess – a srta. Walters disse, depois se virou para Hanna.

A menina teve de esperar um momento e respirar fundo para se sentir apta a falar.

– Quero costurar – ela disse, e ergueu os olhos para a srta. Walters. – Não preciso de um certificado de ensino para isso. Não preciso nem me formar. Quero fazer vestidos na loja do meu pai.

Ela ficou surpresa ao se pegar falando de assuntos privados com a srta. Walters, mas uma vez que tinha começado não conseguiu mais parar.

– Ele não acha que eu consigo, mas sei que está errado. Se eu me formar, talvez... não sei, talvez consiga mostrar para ele que... que posso fazer aquilo a que me proponho.

A srta. Walters assentiu, pensativa.

– Fale com seu pai a respeito – ela disse. – Tenho certeza de que ele vai entender.

– Falarei, professora. – Hanna não se sentia tão segura quanto a srta. Walters parecia estar. – Terei a resposta dele... a minha resposta... na segunda-feira.

Quando Hanna chegou em casa naquele dia, encontrou um bilhete do pai pedindo que fosse direto para a loja. A estrutura e as paredes já estavam prontas, e eles começavam a trabalhar no interior. O pai e Charlie Hart faziam o trabalho pesado de carpintaria, e Hanna os seguia, raspando e lixando.

O primeiro andar seria dividido em três. Na parte da frente ficaria a loja em si. A de trás seria dividida em um depósito de tamanho considerável e uma cozinha. Havia um alpendre na porta dos fundos. O andar de cima teria dois quartos e uma pequena sala de estar.

O pai estava prestes a sair; ele estava esperando um carregamento de móveis e acessórios vindos da região de Chicago, que chegaria à tarde. As mercadorias que ele encomendou foram enviadas primeiro para Tracy, em Minnesota, depois de trem para LaForge, na linha férrea entre Tracy e Pierre. O pai havia feito o pedido pelo correio, e em geral levava cerca de três semanas para a encomenda chegar.

Hanna tirou um pedaço de papel dobrado do bolso e entregou a ele.

– O que é isso? – o pai perguntou.

– Eu estava pensando... – ela começou a dizer. – O senhor vai passar a maior parte do tempo na loja, e quem vai ficar no depósito sou eu. Tive algumas ideias quanto a como torná-lo uma área de trabalho melhor para mim.

Hanna havia feito um esboço do espaço e escrito uma lista também. Era uma boa sala, muito mais do que um simples armário. Havia uma bancada ao longo de duas paredes, com gavetas, armários e prateleiras em cima e embaixo. A lista tinha vários itens, como ganchos de parede, cestas e caixas de papelão para armazenamento.

O desenho mostrava um depósito bem organizado. Mas na cabeça de Hanna o espaço ia se tornar algo maior: um ateliê, onde ela poderia costurar vestidos.

O pai bateu com o dedo em um ponto do esboço.

– O fogão ficaria aqui?

– Sim. – Ela tinha desenhado um fogão no meio da parede divisória dos fundos. A frente dele, com duas bocas e o forno, ficaria na cozinha, enquanto a parte de trás com sua prateleira de aquecimento ficaria voltada para a sala de trabalho. – Vai aquecer as duas salas no inverno, então não vamos precisar de aquecedor no depósito. Economizaremos carvão assim.

– Ótimo – ele disse. – Mostre a Charlie.

O pai devolveu o papel a Hanna e foi para o galpão.

Hanna queria dar pulinhos de satisfação. Era verdade que naquela posição o fogão manteria o depósito aquecido. Mas ela não havia mencionado que assim também poderia aproveitar para aquecer o ferro nele – uma necessidade quando se tratava de fazer vestidos.

Hanna discutiu alguns outros detalhes com o sr. Hart. Os armários poderiam ir até o teto? Espanar em cima deles era sempre difícil. Ele conseguiria instalar uma tábua de passar dobrável na parede? E não deveria haver armários ou prateleiras sob a parte da bancada que ficaria abaixo da janela, que faria as vezes de mesa. Ela deixaria uma cadeira ali, para se sentar.

E costurar onde haveria a melhor luz.

Foi só no domingo à noite que o assunto da escola surgiu, e quem entrou nele foi o pai. Os dois estavam sentados na cozinha, depois do jantar – não havia mais onde se sentar na sala, que estava cheia de artigos da loja. O pai estava lendo o jornal enquanto Hanna se debruçava sobre o livro de aritmética.

– Ouvi dizer que você e as meninas Harris são as únicas que continuam indo à escola – ele falou.

Ela ergueu os olhos, surpresa. Não havia falado com o pai sobre a proposta da srta. Walters. *Desde que eu esteja indo à escola, não faz diferença para ele. Não quero lhe dar uma chance de dizer que devo parar de ir.*

– Sim, papai – ela respondeu, cautelosa. – A srta. Walters está nos preparando para as provas de obtenção do diploma no fim da semana que vem.

– Se você passar, vai se formar?

– Sim.

Silêncio. Ela estava prestes a voltar aos estudos quando ele falou:

– Estão dizendo que eu deveria tirar você da escola. Acham que não é justo o resto dos alunos não poder ir por sua causa.

Ela queria dizer que eram os pais que tinham escolhido não mandar mais os filhos para a escola. Mas o pai ainda não havia terminado de falar.

– Mas, do meu ponto de vista, você não está impedindo ninguém de estudar – ele falou. – Só o governo e o conselho estudantil podem fazer isso.

Hanna se endireitou na cadeira, fortalecida pelas palavras do pai.

– O conselho disse alguma coisa ao senhor?

Ele fez que não com a cabeça.

– Mesmo assim, parece que a srta. Walters encontrou uma solução. Você vai se formar, que é o que sempre quis. E então vai sair da escola, que é o que os outros querem. Todo mundo vai sair ganhando.

Ela hesitou, tentando decidir o que dizer.

Não, papai. Eu quero me formar, mas também quero frequentar a escola como os outros alunos, e quero que todo mundo veja que isso é justo. A solução da srta. Walters não resolve isso. Além do mais, por que as pessoas deveriam conseguir o que querem quando o que querem é nada mais do que errado?

Ela poderia ter expressado aqueles pensamentos em voz alta. Mas teria sentido que travava batalhas em frentes demais: na escola, na cidade, em casa... Precisava de pelo menos um pouco de descanso.

– Farei o meu melhor para passar, papai – foi tudo o que Hanna disse.

E depois? Ela ia ajudar o pai na loja, como a mãe havia feito. O pai queria que Hanna trabalhasse no depósito, controlando os pedidos, listando os itens que estavam perto de acabar.

Os planos dela eram outros.

A mãe fora costureira da loja do pai, primeiro como funcionária e, depois que se casaram, como sócia. A alfaiataria tinha homens de todo tipo como clientes, chineses ou não. Tinha criado uma excelente reputação com base em duas coisas: o atendimento do pai e a costura da mãe.

A mãe havia ensinado Hanna a costurar quando ela ainda era muito pequena. Primeiro com uma agulha de tapeçaria grande e sem ponta, que ela passava de um lado para o outro de uma tela de arame. Depois com uma agulha mais fina em aniagem, cuja trama solta ajudava a manter os pontos alinhados. E, finalmente, em linho. Ao longo dos anos, Hanna havia aprendido muito mais do que mecânica da costura. Aprendera a escolher tecidos, cores, estilo e especialmente a ajustar a roupa ao cliente... Ela passava quase todo o tempo em que estava acordada na loja, e tinha absorvido tudo o que podia. Pretendia honrar o legado de sua mãe tornando-se a estilista e costureira da Edmunds, cujas peças de roupa seriam tão bonitas e bem-feitas que todas as mulheres da cidade iam querer uma.

Ela ia conquistar o coração das mulheres da cidade com a costura.

Hanna passou as duas semanas seguintes se alternando entre estudar fervorosamente e encomendar artigos para a loja. O pai havia providenciado vários catálogos de tecidos, que ela folheava com muito mais entusiasmo do que folheava o livro de história.

As escolhas foram discutidas com o pai. Diversos tipos de musselina, para lençóis, roupas íntimas e de dormir. Uma ampla seleção de chitas para uso diário. Popeline, viscose e cambraias variadas para vestidos que seriam usados nas visitas durante o verão ou para ir à igreja. Apenas um pouco de lã – eles pediriam mais ao fim do verão. Seda *moiré* cor de vinho, caxemira preta, veludo azul-escuro.

O pai foi contra os últimos três.

– Nunca vão vender aqui – ele disse. – São para a gente de cidade grande.

– Talvez o senhor esteja certo, papai – Hanna falou. – Mas lembra que em Los Angeles mamãe sempre tinha uma ou duas peças de seda para o caso de algum cavalheiro querer usar numa camisa? Ela me disse uma vez que era importante ter coisas bonitas numa loja. Mesmo que não saiam. Porque os clientes entram só para olhar e podem acabar comprando outra coisa.

Na verdade, o que a mãe havia dito fora: "Às vezes, coisas bonitas não são para comprar. São para sonhar." Hanna não repetiu aquela frase ao pai porque ele teria achado uma bobagem.

– Escolha dois, então – ele disse. – Não vou comprar três peças inteiras que não vão vender.

Ela escolheu a seda e a caxemira, sentindo-se vitoriosa.

Mas o pai não ia ceder na questão do espelho.

A loja de Los Angeles tinha um espelho de parede enorme, com noventa centímetros de largura e um metro e oitenta de largura. Nenhuma outra loja no bairro chinês tinha um espelho tão magnífico; talvez fosse um dos maiores da cidade.

O espelho era uma lenda da família. Hanna tinha ouvido sua história muitas vezes. A mãe havia insistido para que o comprassem, chegando a brigar com o marido. Era inacreditavelmente caro, e o pai estava convencido de que nunca chegaria intacto, que acabaria quebrando durante a viagem atravessando o país.

Mas, contrariando suas expectativas, o espelho chegou inteirinho. Depois que o instalaram, a loja parecia mais grandiosa, mais arejada e espaçosa. O espelho refletia a luz do dia que entrava pelas janelas e a luz dos lampiões à noite. Tornou-se imediatamente o ponto de destaque da loja. Acostumados a se olhar em pequenos espelhos de mão ou em espelhos baratos com imagem deformada, os clientes iam à loja só para ver o grande espelho e a si mesmos nele, dos pés à cabeça e com nitidez.

Hanna viveu toda a infância com aquele lindo espelho. Agora, sabia que não o havia valorizado devidamente. Quando era pequena, adorava baforar contra o espelho para que a condensação turvasse seu reflexo. Ela ficava assistindo à umidade secar e dava risadinhas enquanto seu rosto era revelado pouco a pouco.

Ela queria ter o mesmo tipo de espelho na loja nova, mas o pai nem a deixara terminar de falar.

– Não – ele disse, carrancudo. – Não precisamos de espelho, muito menos de um como aquele. Vamos vender *artigos* para vestidos, e não vestidos.

Hanna sabia pelo tom de voz que não adiantava discutir com ele. Como a mãe o havia convencido? Hanna ia ter que dar um jeito de descobrir, porque não poderia fazer vestidos em uma loja sem espelho.

No último dia de aula, Hanna e Bess fizeram provas de gramática, aritmética, história, geografia e ortografia. A srta. Walters permitiu que escolhessem a ordem das provas. Hanna começou com aritmética, a matéria de que menos gostava, para tirá-la logo da frente. Bess fez o mesmo. Elas tinham uma hora para terminar cada prova, com exceção de aritmética, para a qual tinham uma hora e quinze, e história, para a qual tinham quarenta e cinco minutos. As perguntas eram difíceis, e pareciam ficar cada vez mais conforme o dia passava.

Horas depois, Hanna respondeu à última pergunta, que exigia que fizesse um diagrama para analisar uma frase complexa. Estava tão cansada que sua caneta bamboleava conforme circulava as palavras e traçava linhas.

– Podem esperar se quiserem – a srta. Walters disse. – Não vou demorar muito.

A professora tinha corrigido cada uma das provas enquanto as meninas faziam a seguinte. A princípio, aquilo tinha distraído Hanna, que ficava se perguntando que tipo de erro havia cometido e como a srta. Walters os estaria corrigindo. Mas as provas eram tão desafiadoras que a forçavam a se concentrar, e ela teve de passar a maior parte do tempo sozinha com seus pensamentos.

Hanna se levantou e foi até a porta porque precisava desesperadamente esticar as pernas. Saiu para o pátio. Fazia calor. O sol esquentava o ar e não havia brisa para refrescá-lo, o verão se aproximava. Caminhou até um canto da escola para ficar debaixo da sombra projetada na parede.

– Foi mais difícil do que você achou que seria?

Hanna se virou, surpresa. Bess estava à porta. Ela saiu e se juntou a Hanna na sombra.

– Bem, eu sabia que aritmética seria difícil – Hanna disse. – Sempre é, para mim. Quanto ao resto... – Ela olhou para Bess e deu de ombros. – Esqueça o que eu disse. Achei *tudo* difícil!

– Eu também. Aquelas perguntas de história... Eu precisava de mais tempo.

– Pois é! Só consegui incluir um ou dois pontos, e tinha muito mais.

– E em geografia? Quais rios você colocou como os maiores da Europa?

As meninas ficaram conversando por alguns minutos, até a srta. Walters aparecer na porta e as chamar de volta.

Bess sorriu.

– Boa sorte para nós duas – disse.

Hanna sorriu de volta. Por um instante, como ela havia se saído não parecia importar. Talvez porque tivesse feito uma amiga.

Capítulo 14

Hanna foi direto para a loja. Fazia duas semanas que não passava lá.

Como havia mudado! Antes, tudo o que se via eram as estruturas da construção. Agora, havia uma loja de verdade à sua frente, e muito bonita.

A fachada tinha sido pintada de um verdinho acinzentado, com detalhes em um verde mais escuro. As portas duplas com painéis centrais e maçanetas de latão deram à fachada um visual elegante. A grande janela à esquerda da porta deixava passar muita luz.

Hanna entrou no interior espaçoso, que cheirava a madeira recém-cortada. Havia pilhas de aparas de madeira em toda parte. Ela passou a mão pelo balcão que o sr. Hart havia construído ao longo da parede sul. Atrás dele, prateleiras iam até o teto, cada uma delas larga o bastante para as pelas de tecido. No canto ficava a porta que dava para o depósito, e mais prateleiras nas paredes leste e norte. No outro canto ao fundo, havia um sofisticado aquecedor a carvão, os ornamentos no níquel brilhando de tão novos.

Seguindo o som das marteladas, ela atravessou a porta atrás do balcão até o depósito. O pai estava pregando ripas de madeira na janela, enquanto o sr. Hart serrava uma tábua apoiada sobre dois cavaletes. O cômodo estava muito parecido com o esboço de Hanna, com bancadas em duas paredes.

– Olá, papai. Olá, sr. Hart.

Os dois pararam o que estavam fazendo para cumprimentá-la. Hanna deixou os livros na bancada, puxou um pedaço de papel e o exibiu à frente do corpo.

O sr. Hart inclinou a cabeça e começou a ler em voz alta.

– "Atesta-se pelo presente que Hanna May Edmunds completou o curso de instrução regular..."

Ele parou e olhou de Hanna para seu pai e para ela de novo.

– Seu diploma? – o pai perguntou.

Hanna confirmou com a cabeça.

Charlie tinha voltado a ler. Ele ergueu os olhos e assoviou.

– Olhem só isto: "Geografia, 8,7. História, 8,4. Ortografia, 10. Aritmética, 7,7. Gramática, 9,8." São notas muito boas.

O pai se aproximou de Hanna e pegou o diploma da mão dela para ler. A menina ficou surpresa com o carinho em seus olhos quando os voltou para ela. Ele pigarreou.

– Eu estava pensando na sua mãe – ele disse, baixo. – Ela ficaria muito orgulhosa de você.

– Obrigada, papai – Hanna só conseguiu sussurrar, dividida entre o sorriso no rosto e o nó na garganta.

O pai marcou a data da inauguração: uma semana a contar de terça-feira.

– Mais uma semana para receber os pedidos e até o fim de semana para nos certificarmos de que está tudo certo. Não quero abrir numa segunda, então será na terça.

– Sim, papai.

– Vamos nos mudar amanhã. Conto com você para encaixotar tudo o que temos na casa alugada...

Aquilo não seria tão ruim. Como sabia que a estada na casa alugada seria curta, ela havia deixado tudo organizado para facilitar a mudança. Mal podia acreditar que iam passar a viver numa casa própria. Seria aquela a última vez que teria de fazer as malas para ir embora?

O pai ainda estava falando:

– ... aquelas festas que mamãe costumava dar?

A menção à mãe chamou a atenção de Hanna.

– Lembro – ela respondeu.

Antes de ficar doente, a mãe dava duas ou três festas por ano na loja de Los Angeles. As festas estavam entre as lembranças mais queridas de Hanna. Ela era muito pequena, tinha apenas quatro ou cinco anos. Ainda assim, recordava-se claramente dos detalhes.

A mãe sempre servia limonada e outra bebida gelada feita de jujuba, uma fruta seca chinesa que lembrava tâmara. Ela comprava bolinhos lunares da melhor padaria do bairro chinês e montava uma travessa linda de uvas e fatias de laranja ou tangerina. Os clientes comiam, bebiam e conversavam, davam uma olhada na loja, faziam compras e encomendas. Alguns davam doces ou moedas a Hanna.

Muito embora costurassem apenas para homens, as mulheres eram sempre convidadas também. A mãe e o pai sabiam que muitas vezes eram as mulheres que escolhiam as roupas dos homens. Elas encontravam velhos amigos e conheciam vizinhos que nunca tinham visto. A loja se tornou um ponto de encontro da região, e todos aguardavam ansiosamente pelos eventos.

– Seria bom fazer uma festa de inauguração – o pai disse –, mas não tenho tempo. Vai ter que ficar por sua conta.

Os olhos de Hanna se arregalaram. *Ele quer que eu organize uma festa?*

Era uma ideia assustadora. Hanna nunca tinha dado uma festa; na verdade, não ia a uma desde a última que a mãe havia dado. Ela refletiu e se deu conta de que sua mais forte lembrança era da alegria em ver um grupo reunido, as pessoas se divertindo e se relacionando.

Então uma segunda lembrança lhe veio: ela servindo sopa às mulheres e meninas índias...

Oferecer comida às pessoas é parte do que constitui uma festa.

Não havia padaria na cidade, e custaria uma fortuna trazer frutas frescas de barco. *Mas posso fazer um bolo, ou biscoitos.*

Hanna olhou para o pai.

– Vou precisar de limões para a limonada – ela disse.

– Limões são caros – ele se opôs.

Ela pensou por um momento.

– Posso fazer refresco de gengibre então.

Ela só ia precisar de gengibre em pó e vinagre de maçã, para misturar com água e um pouco de açúcar. Era uma bebida refrescante e agradável, muito mais barata do que limonada.

– Hum...

– Também vou precisar de farinha e açúcar.

Ele ergueu as mãos.

– Algo mais?

Hanna sabia que o pai estava sendo sarcástico, mas não parecia bravo.

– Papai, a ideia da festa foi sua. Se não vamos fazer direito, é melhor nem fazer.

Aquilo era algo que a mãe costumava dizer.

– Faça uma lista – ele disse. – Vou ver o que consigo. Talvez não seja tudo do que precisa, mas você dá um jeito.

Capítulo 15

Na semana seguinte, Hanna e o pai carregaram as últimas caixas da casa alugada para a loja. Agora eram só os dois: com o trabalho pesado concluído, não precisavam mais da ajuda de Charlie Hart.

O andar de cima tinha sido dividido em dois quartos. No patamar no topo da escada, havia espaço para duas cadeiras e uma mesinha redonda entre elas. Não era grande o bastante para ser considerado uma sala de estar, mas seria um lugar agradável para sentar e ler durante a primavera e o outono. Sobre a mesinha tinha uma lamparina.

De cada lado do patamar, havia um quarto. O de Hanna ficava nos fundos da casa; o do pai, na frente. Ela já havia instalado uma cortina na janela do quarto dele, e agora fazia o mesmo no dela. A mobília era escassa: Hanna tinha uma cama, uma prateleira ao longo de uma parede, ganchos para pendurar roupas. O xale xadrez da mãe estava dobrado ao pé da cama. Os livros que a srta. Lorna havia lhe dado estavam alinhados na prateleira.

Hanna demorou-se olhando em volta. Para seu quarto. Não para uma casa alugada, não para a carroça. Para um quarto da casa que era *deles*.

— Hanna!

O pai a chamava da frente da loja. Ela se apressou escada abaixo, saiu pela porta e chegou à calçada, onde ele já estava dobrando a escada. Tinha acabado de instalar a placa da loja.

Pendurada por uma barra de ferro que se projetava sobre a porta, permitindo sua leitura por quem andasse ou cavalgasse pela rua. Com o fundo verde-escuro, as letras brancas eram idênticas dos dois lados da placa. Era elegante e fácil de ler.

Edmunds
Artigos para Vestidos

Hanna engasgou de alegria quando viu uma flor de lótus de cinco pétalas delineada em tinta dourada.

O pai havia se livrado de grande parte das coisas da mãe depois que ela morrera. Havia uma boa desculpa:

eles estavam se preparando para a viagem de carroça. Mas depois Hanna sentira falta de algumas dessas coisas. A tigela azul e branca em que ficavam as laranjas. O vaso esmaltado adornado com pássaros e flores. Os palitinhos de madeira entalhada. Às vezes, ela sentia como se o pai tivesse feito seu melhor para apagar a presença da mãe da vida deles.

Agora, Hanna percebia que havia sido injusta ao pensar isso. Ele tinha guardado a flor de lótus da mãe e a colocado em destaque na placa da loja.

O contorno da placa também era dourado. O sr. Clyde, do jornal, tinha produzido uma matriz e a estampado. O pai havia dito a ela que três camadas de verniz haviam sido aplicadas, para protegê-la das intempéries.

Hanna recuou alguns passos para ver a placa à distância. Não conseguia parar de sorrir.

– Ficou bom, papai – ela disse.

Ele sorriu de volta para a filha.

– Espero que a cidade toda concorde com você – o pai falou.

Em seguida, eles olharam para a vitrine. Tinha sido forrada com papel pardo. O pai ia tirá-lo na manhã da inauguração. Hanna fora encarregada de montar a vitrine. Ela havia prendido tiras de tecidos no teto da janela, uma cambraia fina azul-clara se alternava com um *chiffon* diáfano, em um tom de azul mais escuro. O efeito era o de um céu suave e romântico. Embaixo, havia um suporte simples, feito de ripas e hastes de cavilha, posicionado no meio do largo peitoril pintado do mesmo tom de verde da fachada da loja.

Hanna havia escolhido três peças de tecido: a seda cor de vinho, uma simpática chita em xadrez azul, rosa e creme, e uma viscose castanha com estampa de penas. Desenrolara alguns metros de cada peça e drapejara o tecido solto sobre as hastes, deixando as peças em si escondidas atrás do suporte. Depois amarrara com fita as faixas de tecido, de modo que cada uma parecesse uma saia franzida descendo da "cintura" criada pela fita.

Hanna sempre fizera questão de examinar cada alfaiataria e loja de vestidos que encontrava. Ela havia visto aquele tipo de suporte em um estabelecimento em San Francisco, e Charlie Hart fizera um igual seguindo suas instruções.

– Gostei – o pai disse.

– Obrigada, mas ainda acho que tem algo errado.

– Bem – ele falou, voltando a olhar para a vitrine –, acho que aquele papel pardo fica meio feio.

– Papai! – Hanna disse, revirando os olhos diante da brincadeira dele. O pai sorriu, e ela sentiu que uma bolha quente se expandia em seu coração. Os dois trocavam tão poucos sorrisos desde a morte da mãe, mas só naquele dia já haviam sido dois.

– Depois de comermos, eu gostaria de usar a carroça – Hanna disse. – Quero buscar alguns arbustos de rosa-da-campina para colocar na janela. Vai ficar bonito. Já temos bebidas, mas... consegue pensar em alguma coisa que poderíamos fazer para que a inauguração da loja fosse realmente especial?

O pai voltou a franzir a testa, como era de costume.

– Você sempre quer mais – disse.

– Só acho que deveríamos fazer algo diferente. Na loja de Los Angeles, o senhor e mamãe... Quer dizer, eu me lembro das festas, mas não muito sobre elas...

O pai dela estalou os dedos.

– Você me deu uma ideia – ele disse, com os olhos voltando a brilhar. – Um sorteio. Às vezes é preciso gastar dinheiro para ganhar dinheiro. Os prêmios vão ser um custo a mais, mas um sorteio vai atrair pessoas que de outra maneira talvez não viessem.

Um sorteio! Ele explicou como funcionaria. Deixariam uma caixa no balcão onde as pessoas poderiam colocar seus cartões de visita ao entrar na loja. Quando a caixa estivesse cheia, o pai pegaria um cartão aleatoriamente, e a pessoa sorteada ganharia um prêmio.

– Podemos sortear no meio da manhã, lá pelas dez, antes que as pessoas voltem para casa para comer. Podemos ter... – ele refletiu por um momento – três prêmios, o que acha? Sua mãe adorava sorteios. Ela sempre queria que incluíssemos mais prêmios. Lembro que uma vez tive de convencê-la que nove era demais.

Aquilo era a cara da mãe dela.

– Por que não cinco? – Hanna sugeriu. – Três prêmios menores, um médio e o principal.

– Cinco é bom.

— Posso escolher os prêmios, papai?

— Tudo bem. Só me mostre o que escolher. Não quero que perca a cabeça e acabe dando a loja inteira no sorteio.

Hanna examinou o balcão, as prateleiras, as gavetas. Depois deu uma olhada em todos os armários do depósito antes de fazer sua escolha.

Um pacote com doze agulhas de tamanhos diferentes. Um jogo de botões variados. Um alegre ramalhete de fitas coloridas. Esses seriam os prêmios menores.

O prêmio médio seria um pedaço de renda, grande o bastante para fazer punhos e colarinho combinando, que Hanna enrolou e amarrou com uma linda flor de seda. Para o prêmio principal, ela inspecionou o estoque de cestos de costura e escolheu um pequeno forrado de chita listrada em cores vivas. A parte de dentro da tampa era acolchoada, para servir de alfineteira. Hanna encheu o cesto com todo tipo de coisa: alfinetes, agulhas, carretéis de linha, uma tesourinha, giz de alfaiate, uma fita métrica e um dedal de prata. Ao fim, ergueu o cesto, admirando-o. Era algo que ela mesma gostaria de ganhar.

Hanna mostrou os prêmios ao pai, que aprovou todos.

— Tive outra ideia — ela disse, e se apressou a continuar antes que ele a interrompesse. — Lembra como mamãe sempre convidava as mulheres para as festas? Acho que devemos fazer o mesmo aqui. Quer dizer, o oposto. Devíamos ter algo para os homens.

— Mas o que eles vão querer em uma loja de artigos para vestidos?

Ela ainda não havia pensado naquilo.

– Talvez... um presente? Para a esposa, ou alguém da família?

Ele dispensou a ideia com um gesto de mão.

– A única coisa que os homens vão querer é que as mulheres não gastem muito aqui.

– Ah! – Hanna bateu palmas de animação. – É isso, papai! Podemos fazer um sorteio separado para os homens, oferecendo desconto como prêmio! Que tal trinta por cento a menos em tudo o que a esposa comprar na inauguração?

O pai de Hanna ergueu as sobrancelhas. Ela sabia que ele estava surpreso, e identificou uma admiração relutante em seus olhos.

– Faça um cartãozinho bonito valendo um desconto – ele disse. – Mas de *vinte* por cento, e não trinta. – O pai se encaminhou para a porta. – Vou pintar uma placa simples avisando do sorteio para ficar na calçada. Deve atrair as pessoas.

Agora Hanna estava ainda mais animada com a inauguração da loja.

Capítulo 16

Com Chester, seu cavalo ruão tranquilo e confiável, puxando a carroça, Hanna rumou para sul e saiu da cidade, pegando a estrada pela qual haviam chegado a LaForge algumas semanas antes. Ao longo do trajeto desde a Califórnia, o pai a havia ensinado a dirigir a carroça e atirar com um rifle. Para ele, tratava-se de habilidades necessárias para a longa viagem; para Hanna, ambas as coisas contribuiriam para torná-la independente no futuro.

A menina viu rosas-da-campina nas margens da estrada, mas decidiu continuar dirigindo. Era uma tarde linda; o ar estava quente, mas não demais. A estrada se encontrava vazia. Os cascos de Chester batiam a um ritmo constante que tranquilizava Hanna.

É agradável ficar sozinha ao ar livre.

O sol agora se encontrava mais alto no céu, e ela imaginou que já fazia cerca de uma hora que havia saído. À sua esquerda, o terreno subia e descia. Hanna viu uma vasta área cor-de-rosa à frente e fez Chester encostar na estrada.

Fileiras de rosas-da-campina se estendiam rente ao chão. Suas pétalas, de um rosa profundo a creme, rodeavam o miolo tão ensolarado, dourado, que cada flor que desabrochava era como um rostinho feliz. Hanna caminhou um pouco, inspirando aquele perfume perfeito – leve, fresco e doce, mas não enjoativo.

Ela escolheu meia dúzia de plantas menores, com mais botões do que flores abertas. Tinha levado consigo uma pá, uma espátula e uma grande tina de estanho, assim como um balde de água. Com cuidado, desenterrou cada um dos arbustos e os passou à tina. Depois, colocou-a na carroça. Levantar a pá cheia de terra até a altura da carroça para cobrir a base de cada arbusto não foi fácil, mas, se ela tivesse feito aquilo com a tina ainda no chão, não teria sido capaz de levantá-la depois.

Finalmente, ela regou bem todas as plantas. Com o resto da água do balde, lavou as mãos sujas de terra. *Vou precisar de algo para colocar as roseiras. Talvez latas de banha. Com tecido amarrado em volta delas. Com sorte, todos os botões abrirão para a inauguração da loja.*

Satisfeita, ela voltou a subir na carroça e deu uma última olhada para a campina.

Algo ao sul chamou sua atenção.

Ela olhou fixamente, sem ver nada além de quilômetros e quilômetros de grama. *Será que meus olhos se enganaram?*

Então Hanna viu de novo: algumas pessoas emergindo de uma depressão no terreno, afastando-se dela.

Cabelo preto. Nenhum chapéu.

Índios.

Enquanto Hanna observava, uma mulher ao fim do grupo se virou para olhar para trás. Hanna a reconheceu na mesma hora: era a senhora de cabelo grisalho que ela conhecera um dia antes de chegarem a LaForge.

Seus olhares se encontraram. A mulher encarou Hanna por um longo momento. Então ela fez um gesto inconfundível com o queixo, ao mesmo tempo reconhecendo Hanna e a chamando.

A menina caminhou rapidamente para alcançar o grupo, que havia parado em um trecho de campina com uma ligeira elevação. Eram as mesmas mulheres sioux que conhecera antes. A de cabelo grisalho acenou para ela. As meninas deram risadinhas, e Hanna sorriu para elas. O bebê era quem mais tinha mudado: embora continuasse amarrado às costas da mãe, ele – ou ela – tinha crescido bastante.

Elas estavam espalhadas pelo gramado, cada uma se apoiando a uma vara. Hanna se aproximou da mulher mais velha, que falou com ela.

– *To'khel yau'n he.*

Hanna assentiu, depois apontou para si mesma.

— Hanna — ela disse. — Meu nome é Hanna.

— Hanna — a mulher repetiu. Ela bateu no próprio peito com a mão espalmada e disse: — Wichapiwin.

— Wichapiwin — Hanna repetiu, abaixando a cabeça em uma mistura desajeitada de mesura e reverência. Ela não tinha ideia se seu gesto representava respeito para com os sioux também, mas esperava que a mulher compreendesse sua intenção. Se havia algo que sua mãe havia ensinado a ela desde o momento em que nasceu foi respeito pelas pessoas mais velhas.

Wichapiwin ajoelhou-se e apontou uma das plantas da campina a seus pés. Um pouco mais alto que o seu tornozelo, tinha uma leve penugem nas hastes e flores com pétalas roxo-claras, em pequenos cachos. Ela ergueu os olhos para se certificar de que Hanna estava prestando atenção.

— *Timpsina* — Wichapiwin disse.

Hanna compreendeu na mesma hora.

— *Timpsina!* — ela exclamou. *Timpsina* era o nabo-da--campina. Wichapiwin estava lhe mostrando de que planta vinha.

A mulher esticou os cinco dedos de uma mão, depois indicou os folíolos, em grupos de cinco, imitando o formato de sua mão.

— Ah! É assim que reconhece a planta? Por causa dos cinco folíolos? — Hanna ergueu a própria mão.

Wichapiwin ergueu o queixo, franziu os lábios e virou a cabeça na direção da ligeira elevação que se estendia ao sul. Hanna viu vários trechos com flores lilases. Ela não tinha mais dúvidas: a mulher apontava usando os lábios em vez do dedo.

Wichapiwin pegou uma vara da bolsa que carregava no ombro. Hanna viu que era preta e afiada na ponta, provavelmente temperada. Wichapiwin começou a usar a vara para cavar a base das hastes de *timpsina*. O solo era duro e seco, de modo que ela levou algum tempo para arrancar a planta.

A mulher mostrou a Hanna um tubérculo com uma longa raiz principal. Coberto de terra escura, não parecia em nada com a trança de bulbos. Wichapiwin sacudiu o tubérculo para soltar a terra, depois torceu o caule para separá-lo do tubérculo. Ela tirou um pouco mais de terra com os dedos, revelando a casca marrom e opaca. Finalmente, tirou uma parte dela para que Hanna pudesse ver o interior bem branco.

— Então primeiro tem que descascar, depois secar, e usar as raízes para fazer a trança — Hanna disse, gesticulando.

Wichapiwin voltou a falar. Ela fez que comia, levando a mão à boca, depois apontou para Hanna.

— Ah, sim, nós comemos — Hanna respondeu. — Gostei de *timpsina*.

A menina estalou os lábios ruidosamente.

Wichapiwin sorriu. Colocou o tubérculo na bolsa e começou a desenterrar a planta ao lado. Hanna queria ajudar. Ela se perguntou se devia voltar à carroça para pegar a pá e a espátula, mas, observando, percebeu que a vareta pontiaguda era perfeita para fazer aquilo. Wichapiwin desenterrava os nabos garantindo a mínima perturbação da terra em volta.

Hanna voltou a pensar na trança de *timpsina* que havia ganhado. Tinha pelo menos duas dúzias de bulbos, e só agora ela se dava conta de quanto tempo e esforço estavam contidos naquele presente.

Quando Wichapiwin puxou o tubérculo seguinte, Hanna estendeu a mão. Gesticulando, ela se ofereceu para separá-lo da haste e limpar um pouco da terra. Wichapiwin assentiu. Por um tempo, elas trabalharam lado a lado, em um silêncio solidário.

Hanna não sabia quanto tempo tinha se passado até notar o sol forte batendo às suas costas. *Devem ser pelo menos três horas. É melhor eu voltar para casa.*

Relutante, ela limpou as mãos e se levantou.

– Tenho que ir agora – Hanna disse. – Eu... que bom que nos reencontramos.

Ela não sabia quanto de inglês Wichapiwin compreendia, mas não parecia importar. A mulher assentiu em despedida. Hanna regressou à carroça. No caminho de volta para a cidade, pegou-se desejando que a mãe tivesse conhecido Wichapiwin e tentou imaginar as duas mulheres juntas. As orelhas de Chester emolduravam a estrada à frente, cuja imagem se suavizou e turvou até que Hanna piscasse para ajustar a visão.

Capítulo 17

Hanna conduziu a carroça até o beco atrás da loja. O pai saiu para encontrá-la.

— Por que demorou tanto? — ele perguntou.

— Desculpe, papai. Não era minha intenção. — Ela desceu da carroça. — Sabe aquelas índias que conheci um dia antes de chegarmos? Eu as vi de novo.

— As mesmas?

— Sim.

Em silêncio, Hanna tirou as ferramentas da carroça enquanto o pai descia a tina com as plantas.

— Eu levo a carroça para você — ele disse, e balançou a cabeça. — Precisamos construir um estábulo antes do inverno. Onde você viu as índias?

Hanna deu de ombros.

— A uns oito quilômetros da cidade, acho. Talvez um pouco mais. Perto da estrada pela qual viemos.

— Uns oito quilômetros? Aposto que elas não tinham passe.

— Um passe?

— Os índios precisam de um para deixar suas terras. Precisam de permissão especial do agente indígena. Em Yankton.

A cabeça de Hanna se encheu de perguntas na mesma hora. Era difícil conseguir um passe? A permissão do agente era exigida em qualquer circunstância? Cada uma delas precisa de um passe, incluindo as crianças?

O pai levou Chester e a carroça para a estrebaria. Quando voltou, Hanna escolheu qual de suas perguntas era a mais urgente.

— O que acontece se os índios não tiverem um passe?

Ele deu de ombros.

— Não sei. Isso cabe ao agente.

— Elas estavam colhendo nabos selvagens, que não pertencem a ninguém. Precisam de um passe para isso também?

— Se estiverem fora de sua terra, sim. Não me ouviu da primeira vez?

Hanna percebeu que ele estava ficando impaciente.

— Sim, papai.

Ela ainda tinha outras perguntas, mas, se o humor dele estava azedando, teria de esperar para fazê-las.

O pai falou por cima do ombro, enquanto ia para a cozinha:

— Vou falar com Harris esta tarde, se tiver tempo.

Hanna levantou o rosto.

— Para quê, papai?

— É ele quem tem que avisar Yankton.

Ela ouviu a porta da cozinha se fechando atrás dele.

Hanna ficou olhando para a porta fechada.

O pai ia contar ao sr. Harris que aquelas mulheres talvez tivessem saído de suas terras sem passe. A culpa era dela, por contar que as havia visto.

Hanna abriu a boca para protestar, mas a fechou em seguida. *Não devo retrucar, ou só vou deixar papai bravo. Tenho que descobrir o que dizer primeiro.*

No instante seguinte, ela ignorou completamente sua própria decisão.

— Papai! — Hanna gritou, já abrindo a porta. — Papai, está querendo dizer que vai denunciá-las? Para o sr. Harris?

A explosão dela assustou o pai, que estava se servindo de chá. O líquido quente e marrom espirrou para fora da caneca de lata, escorreu pela mesa e caiu no chão.

— Minha nossa, Hanna! — ele gritou, apoiando o bule com força e derramando ainda mais chá.

— Não é justo! Elas estavam colhendo nabo. Não estavam fazendo nada de errado!

— Se não tinham passe, estavam infringindo a lei, é simples assim!

O rosto dele estava vermelho agora. A raiva em sua voz fez Hanna estremecer. Para se firmar, ela invocou a imagem das duas menininhas e do bebê. *Daquela primeira vez, ficamos olhando umas para as outras, eu e uma das meninas. Os olhos dela eram muito escuros, como os de mamãe, como os meus...*

— Mas, papai, foi o senhor que me disse que estas terras eram dos índios. Talvez elas nem soubessem que estavam no lugar errado.

— Isso não é desculpa! O que deu em você, Hanna? Quando foi que começou a se preocupar tanto com índios?

Era uma pergunta razoável. *Sempre me preocupei com a injustiça. Mas só costumava pensar em como os brancos tratavam os chineses. Agora sei que é uma questão de como eles tratam todo mundo que não é branco.*

Hanna não conseguiu criar coragem para dizer isso ao pai. Seu silêncio momentâneo deu a ambos a chance de respirar. Depois ela voltou a falar, com mais cuidado.

— Papai. Talvez fosse diferente se eu... se eu tivesse visto um grupo grande de homens cavalgando. Mas só vi mulheres e crianças. Havia até um bebê nas costas da mãe.

Ela tentou convencê-lo com um sorriso.

— Humpf...

A esperança se acendeu dentro de Hanna quando sentiu que a raiva dele se dissipava.

— Por favor, papai, não as denuncie. Elas só estavam tentando alimentar a família.

— Não me diga o que fazer — ele respondeu, mas o tom abrasivo de sua voz tinha sumido. — A verdade é que provavelmente nem terei tempo para me dar a esse trabalho. Agora, se me der licença, tenho muito o que fazer.

Ele foi para o depósito.

Não tinha sido uma vitória absoluta.

Tampouco uma derrota.

Os dias que se seguiram foram muito movimentados. O pai organizou as mercadorias que ficariam expostas na loja, enquanto Hanna assumia o comando do depósito. Na quarta-feira, ela fez dezenas de biscoitos. De dois sabores: melaço de cravo e baunilha — um marrom e picante, o outro leve e crocante. Ela os armazenou em latas para aguardar a inauguração na terça-feira. Também fez duas cordinhas com sinos para pendurar na porta dupla; o tilintar anunciaria alegremente a chegada dos clientes.

No dia seguinte, enquanto passava a Hanna seu prato depois do jantar, o pai disse:

— Recebi visitas hoje. Bem, não exatamente visitas. Só deram uma passada.

— É mesmo?

Ela colocou o prato dele sobre o dela e os levou até a bacia.

— Não ficaram muito. Deixe-me ver, vieram a srta. Walters, a sra. Tanner e a sra. Grantham.

A sra. Tanner era casada com o médico da cidade. A sra. Grantham e o marido eram donos da loja de móveis.

Hanna virou-se para o pai, surpresa.

— A srta. Walters esteve aqui?

— Sim. Como eu disse, nenhuma delas ficou por muito tempo. — Ele fez uma pausa. — A srta. Walters perguntou se íamos fazer vestidos, além de vender artigos para vestidos, e as outras senhoras quiseram saber o mesmo.

— E o que disse a elas? — Hanna perguntou, tentando soar indiferente.

— Bem, o que eu podia dizer? — o pai falou, mas não havia nenhum lampejo de verdade em sua voz. — Elas me emboscaram. Se tivessem me perguntado uma por vez, talvez eu pudesse ter dito algo diferente. Mas chegaram em grupo, e...

Ele abriu bem as mãos, em um gesto indefeso.

Hanna aguardou, segurando o fôlego.

— Eu disse que estava vendo — o pai prosseguiu. — Então vou ver.

Ela franziu as sobrancelhas, intrigada.

— Como?

— Estou pensando em contratar uma costureira.

Não posso gritar com ele. Só vai deixá-lo bravo.

Mas aquele era um momento importante. Se Hanna queria que o pai pensasse que ela era madura o bastante para ser a costureira da Edmunds, teria de agir daquela maneira.

— Papai — ela disse, mantendo a voz tão baixa e controlada quanto podia. — Sei que não quer que eu costure para a loja, mas não entendo o motivo.

Ele cruzou os braços sobre o peito.

– Sou seu pai. Faça o que eu mando. Não tenho que me explicar para você.

Respire.

– Não quero ser insolente, mas preciso que saiba de uma coisa. Mamãe me ensinou a costurar. É algo que ela me deixou, e tenho orgulho disso. Acho que ela ia querer que eu o ajudasse a tornar a loja nova um sucesso. Ela ia querer que eu costurasse para o senhor.

O pai franziu a testa. Por um longo intervalo, ela achou que ele ia começar a gritar ou sair furioso da sala. Em vez disso, encarou Hanna e apontou com o queixo para a cadeira. A menina colocou os pratos na bacia e voltou a se sentar.

– As pessoas comentam – ele disse. – Quando me casei com sua mãe, houve muitos comentários. De que não era certo um homem branco se casar com uma mulher chinesa.

Ela assentiu. Sabia daquilo. Tinha visto, ouvido e sentido, desde que conseguia se lembrar.

– Tem mais. Disseram que eu estava me aproveitando dela. Me certificando de que teria uma... uma criada para a vida toda.

Hanna arregalou os olhos.

– Mas não era verdade! – ela deixou escapar.

Mesmo criança, ela compreendia que os pais eram sócios na loja. Hanna os ouvira discutindo negócios muitas vezes. À medida que crescia, percebeu que a mãe não era apenas uma costureira talentosa: ela possuía uma compreensão intuitiva de como as roupas certas podiam agradar às pessoas, e de como as roupas erradas as deixavam infelizes. O pai consultava a mãe antes de fazer qualquer pedido.

Ela não tinha sido uma criada. Não tinha sido apenas sua mãe. Tinha sido sua sócia.

— Quem quer que tenha dito isso estava errado!

Ele coçou a barba por fazer no queixo.

— Também acho isso, mas não posso mudar os fatos. Sou branco. Ela era chinesa. As pessoas pensam o que querem, e, odeio dizer isso, mas às vezes me pergunto se elas não estavam certas. Se uma parte pequena de mim não pensava aquilo, sem que eu percebesse.

Hanna nunca havia visto aquela expressão no rosto do pai. Perplexa, incerta, tomada por algo que lembrava tristeza, talvez saudade... No instante seguinte, sua expressão já tinha endurecido de novo.

— Então é por isso, papai? Porque podem dizer o mesmo agora, ou coisa pior, já que tenho apenas catorze anos?

Ele deu de ombros.

— Sim. Uma menina de catorze anos não deveria ter que trabalhar como uma mulher adulta.

Esta é minha chance.

— Mas papai, amo costurar. É mais como... como uma brincadeira para mim.

— Viu? Esse é o problema! Quando alguém te paga um bom dinheiro, não pode mais ser brincadeira. É preciso ser responsável.

Ela teria de tentar outra abordagem.

— Bem, papai, não é sensato pagar uma costureira quando se tem uma na família. — O desespero aumentava sua ousadia. — Tem que admitir isso. Então tenho uma proposta de negócios para o senhor.

Ele pareceu cético, mas não disse nada, então ela seguiu em frente.

— Quero fazer uma amostra de vestido para exibir na vitrine. Faltam apenas três dias para a inauguração, sem contar domingo, então vou precisar de ajuda. Vamos ter de contratar alguém. Uma assistente, não uma costureira. Se os clientes encomendarem vestidos porque gostaram do que viram, posso costurar para a loja. Caso contrário, vou pagar cada centavo do que gastei, do tecido à assistente, e tudo o mais.

Ela não tinha ideia de onde ia conseguir o dinheiro para pagar, mas continuou falando.

— A mamãe devia saber o que as pessoas pensavam sobre vocês, mas foi em frente e continuou trabalhando na loja. Quero fazer o mesmo. Por favor, pelo menos, me deixe tentar.

O silêncio que se seguiu pareceu durar uma eternidade. O pai tinha baixado os olhos, como se avaliasse a própria manga. Finalmente, levantou a cabeça e encarou Hanna.

— Quem está pensando em contratar? — ele perguntou.

Capítulo 18

Quando Hanna disse ao pai que queria contratar Bess Harris, ele comentou que havia visto a carroça da família dela passando mais cedo. Talvez ainda estivesse na cidade.

Hanna subiu a rua principal, olhando com atenção para cada animal amarrado. Finalmente, na frente da mercearia, reconheceu os cavalos dos Harris. Ela esperou perto da carroça, e não demorou muito para que Bess aparecesse, carregada de compras.

– Posso ajudar? – Hanna perguntou.

– Obrigada – Bess disse, mexendo nos pacotes e lhe passando uma caixa de sal. Juntas, elas colocaram os mantimentos na carroça.

– Estava procurando você – Hanna disse. – Tenho uma pergunta.

Bess pareceu surpresa. Ela olhou na direção da porta da mercearia.

— Mamãe vai chegar a qualquer minuto — ela disse.

— Não vou demorar — Hanna falou. — Eu só estava pensando... preciso de ajuda na costura. Você gosta de costurar?

Bess deu de ombros.

— Não posso dizer que gosto — ela respondeu —, mas mamãe me ensinou bem.

— Você acha... Gostaria de costurar para mim? Pago cinquenta centavos por dia, fora a comida. Seria por apenas alguns dias a princípio, mas pode acabar se tornando mais.

Hanna ficou na ponta dos pés, tensa e esperançosa.

— Vou começar a dar aula no outono — Bess disse. — Queria mesmo dar um jeito de ganhar algum dinheiro no verão. Isso serviria, mas preciso perguntar aos meus pais.

— Claro — Hanna disse, já se animando. — Preciso de ajuda imediata. Pode vir amanhã?

Bess ia responder quando alguém a chamou.

— Bess? Bess, temos que ir.

A sra. Harris vinha depressa na direção delas. Tinha altura mediana e usava o cabelo castanho preso em um coque apertado. Usava um vestido simples de popeline cinza, adornado apenas por um modesto broche de barra de ouro no colarinho.

— Já está tudo na carroça? — a sra. Harris perguntou, mas não esperou pela resposta. — Vamos, temos que ir para casa.

Hanna sentiu o ar gelar à sua volta. Sempre sentia aquilo quando alguém fazia questão de não olhar para ela. Por educação, a sra. Harris deveria cumprimentar quem quer que estivesse falando com a filha; o único jeito que a mulher tinha de evitar fazer isso era fingindo que Hanna não estava ali.

A sra. Harris pôs uma mão no braço de Bess de modo que suas costas ficaram parcialmente voltadas para Hanna, criando uma barreira com a largura de seus ombros e a inclinação de sua cabeça. Hanna estava a poucos passos de distância, mas poderia muito bem estar em outra cidade.

Bess subiu na carroça, com o rosto escondido pela aba do chapéu.

A sra. Harris não é como o marido. Ou como Bess. Ela não quer ter nada a ver comigo. Não vai permitir que a filha trabalhe na loja.

Hanna teve de resistir ao impulso de se encolher diante da frieza da sra. Harris, de se fechar em si mesma, de desaparecer. Como podiam fazer que sentisse que estava fazendo algo de errado quando não estava?

Por que Hanna deixava que fizessem aquilo?

Talvez eu tenha que aprender a não permitir que me magoem.

Não. Não é culpa minha. A culpa é deles.

A carroça dos Harris estava se afastando. Bess se sentou ao lado da mãe. Quando passaram por Hanna, Bess pôs uma mão de lado e agitou os dedos, o mais leve dos movimentos.

Ela nem pode se despedir de mim sem esconder.
Hanna percebeu que teria de dar um jeito de costurar mais rápido do que nunca.

Mais tarde naquele dia, escolheu o tecido para o vestido de amostra. Ela sabia que queria usar uma cambraia de trama fina, leve, delicada e suave ao toque. Era ideal para os dias mais quentes do verão, e LaForge logo arderia sob o sol implacável da campina. Depois de refletir, Hanna acabou escolhendo uma estampa de folhas e frutinhas num tom mais escuro que o fundo verde-claro.

Em seguida, deu uma olhada na caixa de moldes que havia encomendado para a inauguração da loja e passou os olhos nos vestidos das duas edições mais recentes da *Revista das Senhoras*. Acabou escolhendo um molde e adaptando-o a algumas ideias próprias. Seria um vestido para o dia, bem simples, mas por causa do lindo tecido também serviria como vestido de visita.

O molde previa gola rufo, corpete com acabamento franzido e anágua em quatro camadas. *Três bastam. E a gola e o acabamento são espalhafatosos demais. Talvez um acabamento com viés? Em tom de jade.*

Hanna deixou a melhor parte para o final. O corpete do vestido era abotoado da cintura à gola. Ia precisar de doze botões.

A menina abriu a enorme caixa de botões e deixou que seus olhos vagassem pelas fileiras e colunas, desfrutando da variedade de cores, formas e tamanhos. Depois, escolheu algumas opções. Botões redondos e brancos como pérolas. Botões abaulados de vidro, também brancos, mas com um brilho iridescente. Botões redondos e chatos, de metal dourado, com uma margarida gravada. Hanna organizou três fileiras de botões sobre o tecido verde e recuou um passo para avaliar o efeito.

Os botões dourados não ficavam bem. A cor não combinava com o tom da cambraia, que sugeria mais um prateado. Ela os tirou de cima do tecido e os devolveu à caixa.

Botões de pérola eram comuns em vestidos de cambraia fina porque eram bonitos sem ser muito extravagantes. O vestido de amostra precisaria agradar a uma ampla gama de clientes, e os botões de pérola seriam a escolha mais segura.

Mas Hanna queria algo um pouquinho mais fora do comum. Os botões de vidro cintilavam em cores indefiníveis, a depender de como a luz batia neles. Dariam o toque a mais de elegância que ela buscava.

Cidades na fronteira, como LaForge, assim como as propriedades rurais vizinhas, estavam sempre empoeiradas ou lamacentas. A maior parte das mulheres que Hanna vira seguia a primeira regra de vestuário da mãe dela: "Mantenha-se limpa e arrumada. Não precisa ser chique. Mantendo-se limpa e arrumada, você demonstra respeito pelas outras pessoas. E por si mesma."

Hanna ficava impressionada com mulheres como a srta. Walters, que faziam certo esforço em nome do estilo, mesmo vivendo em um lugar onde luxos e delicadezas estavam a meses de distância, isso quando podiam ser adquiridos. Entre observar aquelas mulheres e se debruçar sobre as páginas da *Revista das Senhoras*, ela começara a formar suas próprias opiniões sobre moda.

O desenho de um vestido, Hanna pensou, *podia realçar o tecido ou o corte. Se o tecido for bonito ou especial, o corte do vestido deve ser simples, para permitir que seja exibido sem muita interrupção. Se o estilo do vestido for sofisticado, o tecido deve ser de trama simples e cor sólida, para melhor destacar os detalhes estruturais.*

Este vestido pertencia à primeira categoria. A cambraia fina e estampada seria melhor aproveitada em um vestido simples, para usar durante o dia. Um vestido sem grandes adornos também era mais rápido de fazer. Mas esse também seria um vestido para o calor sufocante do verão. Daria tanto a quem o usasse quanto às pessoas em volta uma sensação de frescor e tranquilidade; os botões de vidro contribuiriam para essa sensação. Hanna já podia imaginar exatamente como o vestido ficaria quando estivesse pronto; mal podia esperar para vê-lo.

Todas as mulheres da cidade iam querer um – se Hanna costurasse rápido o bastante para apresentá-lo na inauguração da terça-feira.

Hanna estava lavando a louça do café da manhã na sexta-feira quando alguém bateu à porta dos fundos. *Quem poderia ser a esta hora?*

Ficou pasma ao constatar que era Bess Harris.

– Cheguei cedo demais? – Bess perguntou.

Hanna tinha ficado completamente imóvel, com a porta e a boca abertas. Ela piscou e deu um passo atrás para permitir que Bess entrasse.

– Não, não! É só que... eu não tinha certeza se... quer dizer... – Ela inspirou e recomeçou. – Entre, por favor.

Bess tirou o chapéu e o pendurou a um gancho no alpendre. Hanna a conduziu pela cozinha até a área de trabalho.

– Desculpe se assustei você – Bess disse.

– Não importa – Hanna falou. – Fico feliz que esteja aqui.

– Eu também. – Fez uma pausa. – A princípio, mamãe não estava muito segura. Mas papai e eu a convencemos. – Ela continuou falando, com os olhos azuis arregalados e solenes. – Papai disse a ela que o dinheiro viria a calhar. Mamãe lembrou que sempre dávamos um jeito, mesmo sem que eu trabalhasse. Mas antes tínhamos James conosco. Ele costumava fazer serviços ocasionais, mas agora foi para Oregon.

Hanna se lembrou de ter ouvido falar sobre o irmão mais velho de Bess.

– Mamãe perguntou a papai como ele sabia que aqui seria um bom lugar para mim. Papai disse que conhecia seu pai e confiava nele, e que a srta. Walters havia falado bem de você. Eu disse que nos conhecemos da escola, claro. Perguntei a ela se eu não podia experimentar por um dia, e caso não fosse... se houvesse algo que não estivesse certo, eu não voltaria.

Bess olhou para Hanna, parecendo ansiosa de repente.

— Eu só disse isso para convencer mamãe. Tenho certeza de que vou gostar de trabalhar aqui.

Hanna sorriu.

— Espero que sim. Vamos começar?

Ela apresentou toda a sala de trabalho a Bess, abrindo gavetas e armários para lhe mostrar tudo o que tinham.

— Este armário aqui — ela indicou a porta sob a bancada — será seu. Você pode guardar suas coisas e aquilo em que estiver trabalhando.

Bess tinha trazido seu próprio avental. Enquanto ela o vestia, Hanna foi pegar outra cadeira na cozinha. Hanna a colocou perto da sua, à luz da janela que dava para o norte.

Duas cadeiras dispostas a uma distância confortável uma da outra. Pareciam já estar conversando.

Capítulo 19

Parte da fina cambraia estampada estava desenrolada na bancada. Hanna já fixara com alfinete cerca de metade do molde do vestido. Agora hesitava, com sua melhor tesoura em uma mão e uma parte do molde na outra.

Ela já havia cortado muitos tecidos, claro, para fazer suas próprias roupas e as de seu pai. Mas sempre se tratava de tecidos comuns – musselina, brim, chita. Essa cambraia era o mais caro com que Hanna já havia trabalhado.

– Você é boa de corte? – perguntou a Bess.

– Nunca cortei um vestido – a outra menina admitiu. – Só peças como aventais. É mamãe quem corta os vestidos.

Bess parecia um pouco assustada. Hanna percebeu que ela não queria cortar o vestido.

Hanna não tinha pensado no que significaria ser a chefe de Bess. O fato de estudarem juntas não queria dizer que tinham necessariamente a mesma idade. Bess podia muito bem ser mais velha que Hanna. E os brancos quase sempre mandavam, e não o contrário.

Ela sentiu o pânico subindo pela garganta.

Não quero que ela seja minha funcionária. Quero que seja minha amiga.

Mas Hanna precisava de ajuda com a costura. Além do mais, Bess estava ali, pronta para trabalhar.

Não vou obrigá-la a fazer nada que não queira.

— E se eu prendesse o restante do molde, enquanto você alinha o que já está fixado? Assim, a chance de o papel escorregar será menor, e poderei cortar sem me preocupar.

Alinhavar era costurar pontos grandes e simples, usando uma linha de cor contrastante que seja fácil de ver. Etapa temporária, um passo intermediário; o alinhavo seria desfeito ao final.

— Posso fazer isso — Bess disse, animada.

Hanna relaxou um pouco, sentindo que havia passado em seu primeiro teste como chefe.

Elas começaram a fixar e alinhavar o molde. Depois, Hanna cortou a menor peça, a da gola. Alinhavado, o molde permaneceu firme no lugar. Ela ficou contente por ter decidido incluir aquela etapa. Podia ouvir outra das frases preferidas de sua mãe na cabeça: "É preciso gastar tempo para economizar tempo."

Hanna sabia que era uma menina solitária, mas sempre pensara que aquilo se devia às saudades que sentia da mãe e ao fato de não ter uma casa de verdade. Só agora percebia o quanto precisava de alguém com quem conversar, além do próprio pai.

A princípio, ela e Bess falaram principalmente de trabalho. Hanna explicou tudo: que o vestido que estavam fazendo era uma amostra, por isso precisava ser não só lindo, mas bem-feito, de modo que as pessoas o vissem e fizessem encomendas. Com encomendas o suficiente, Hanna poderia manter Bess como assistente por todo o verão.

– Você vai precisar de um provador – Bess disse.

– Pensei que papai poderia instalar um varão de cortina naquele canto – Hanna apontou o local. – Com um tecido bonito, já teríamos um provador.

– E o que mais? Ah, um espelho! – Bess exclamou.

A expressão de Hanna não se alterou, mas, por dentro, ela estremeceu. Bess não tinha como saber que o pai se recusava até mesmo a discutir a compra de um espelho. Hanna ainda não havia pensado em uma maneira de fazê-lo mudar de ideia.

Na parede do patamar no andar de cima, havia um espelho redondo do tamanho de um pires. O pai o usava para se barbear, e Hanna para arrumar o cabelo. Às vezes, ela o tirava da parede e o segurava em um ângulo diferente, mas só conseguia ver uma pequena parte de si mesma por vez. À noite, com a escuridão do outro lado da janela, podia ver seu reflexo até os joelhos no vidro, mas sem nitidez ou cores. Ela não tinha como ver sua imagem da cabeça aos pés.

Hanna não queria mais pensar em espelhos, por isso mudou de assunto.

– Sabe o que quero de verdade? Não vai acontecer tão cedo, mas um dia gostaria de ter minha própria máquina de costura.

O rosto de Bess se iluminou, maravilhado.

– Uma máquina de costura? Vi imagens no jornal! Você sabe como usar?

Hanna assentiu.

– Sei, sim – ela disse. – Mas não temos uma desde que deixamos Los Angeles. Já faz três anos.

A mãe havia tentado trabalhar depois que ficara doente, mas a costura era um trabalho delicado demais para que aquilo fosse possível, com seu corpo sendo sacudido pela tosse a cada poucos minutos. O pai havia contratado uma jovem branca chamada Mary para ajudar. Ela trabalhara como costureira da loja por mais de seis anos, até se casar. Quando Hanna tinha dez anos, Mary a ensinara a usar a máquina de costura. A menina pedira para aprender antes, mas suas pernas não alcançavam o pedal.

– Deve ser emocionante costurar à máquina – Bess disse.

Hanna riu.

– Não sei se é emocionante – ela disse –, mas com certeza é muito mais rápido do que costurar à mão. E é

muito mais fácil fazer coisas como plissar ou preguear à máquina. Mas ainda é preciso fazer todo o acabamento à mão. Inclusive as *casas dos botões*. – As últimas palavras pareciam deixar um gosto ruim na boca de Hanna.
– Também odeio fazer casa de botão! – Bess disse. – Isso provavelmente vai parecer estranho, mas sempre odiei tudo na costura. Em casa, digo. Só que aqui é diferente. Talvez porque eu vá receber pelo trabalho.
– Então agora está gostando? – Hanna perguntou.
Bess riu.
– Não, eu não diria isso. Mas não me incomoda tanto costurar aqui quanto incomodava em casa. – Ela fez uma pausa. – E receber um pagamento faz com que eu me sinta... não sei, mais adulta.
– Você vai receber um pagamento melhor quando começar a dar aulas no outono.
Bess suspirou.
– Não quero dar aulas. Ficar de pé dia após dia, na frente de uma sala cheia de desconhecidos? – Ela balançou a cabeça. – Às vezes, sinto tanto medo que tenho certeza de que não vou conseguir. Mas simplesmente terei de fazer. Não vejo outro modo de ganhar dinheiro o bastante para ajudar minha família.
Hanna percebeu como tinha sorte em certo sentido. Ela amava pensar em roupas, desenhar vestidos na cabeça e no papel, ver um molde ganhar vida no tecido e depois no corpo de outra pessoa. Fazer um trabalho que se amava não era uma opção disponível para muitas pessoas. Talvez não fosse para a maioria.

— Eles não vão ser desconhecidos por muito tempo — Hanna disse, tentando encorajá-la. — Você não vê mais a srta. Walters como uma desconhecida, não é?

— Bem, isso é verdade — Bess ponderou, e Hanna ficou feliz ao ver o rosto dela se iluminar. — É tão difícil me imaginar como uma professora do jeito que ela é.

— Acho que você será uma ótima professora — Hanna disse, um pouco tímida.

— Espero que sim, mas... como alguém sabe se é bom em algo que nunca experimentou?

Hanna pensou por um momento.

— Para começar, você é muito estudiosa.

— Obrigada — Bess agradeceu —, mas uma boa professora não é só isso.

Bess contou a Hanna sobre uma professora que tivera em outra escola: a mulher tinha muito conhecimento, mas não sabia como lidar com crianças. Era uma história terrível, de uma sala barulhenta com crianças cuspindo e mal estudando, mas quando Bess terminou de contá-la ambas riam.

— Na verdade, na época não parecia tão engraçado — Bess disse, depois de recuperar o fôlego. — E se eu acabar assim também?

— Você viu o que aconteceu com ela — Hanna disse —, por isso sabe o que não fazer. Além do mais, quer fazer um bom trabalho, e isso já é metade do caminho, não acha?

Bess sorriu.

– Espero que você esteja certa – ela disse. – E vou provar que está. Eu quero fazer um bom trabalho com essa saia!

Hanna riu.

– Então é melhor eu voltar a fazer um bom trabalho com o corpete!

Na hora do almoço, Hanna esquentou a sopa que havia feito no dia anterior e serviu com pão. Ela chamou o pai, mas ele estava ocupado pintando a loja e disse que comeria depois. Hanna e Bess se sentaram sozinhas na cozinha.

Bess olhou para sua tigela.

– Desculpe – ela disse –, não quero ser rude, mas o que é isso?

A menina pegou algo com a colher e mostrou para Hanna.

– É um cogumelo seco – Hanna disse. – Para ser sincera, não tem muito gosto. Se você não tem carne, dá um bom caldo jogando água quente por cima. Depois eu aproveito os cogumelos na sopa, mas aí eles já perderam o sabor.

Hanna olhou com atenção para o rosto de Bess.

Ela havia crescido vendo outros experimentarem as comidas da mãe. Com isso, aprendera que muitas vezes era possível dizer algo sobre uma pessoa a partir de sua reação ao experimentar uma comida que lhe era incomum. Alguns se mostravam curiosos e interessados, animados com o desconhecido. Outros simplesmente se recusavam a provar um pouquinho que fosse. Hanna sempre pensava naquilo. Todo o mundo havia tido de comer coisas que não conhecia quando bebê ou quando pequeno, senão teria morrido de fome. Em que momento algumas pessoas haviam decidido parar de experimentar? E por quê?

Alguns ficavam entre os dois extremos: hesitavam em provar, mas não queriam ser mal-educados. Pela expressão de Bess, Hanna sabia que ela estava nesse grupo, mas tendia ao interesse.

Bess deu uma mordidinha no cogumelo.

– Você tem razão. Não tem muito gosto – concordou, e Hanna notou o alívio em sua voz.

Bess pegou outra colherada de sopa.

– Você usou nabo ou batata? Senti gosto dos dois.

– Ah! É nabo-da-campina. Os índios chamam de... *timpsina*. Acho que é isso. Essa é a palavra sioux. – Hanna fez uma pausa, lembrando-se de algo. – Isso é engraçado. O meu pai sabia o que era por causa do seu pai. Ele me disse que foi o sr. Harris que mostrou a ele o que era, anos atrás, no Kansas.

Bess balançou a cabeça.

– Nunca comemos em casa – ela disse. – É de índio?

– Bom, é um vegetal. Acho que os vegetais não sabem se são de índio ou não – Hanna falou, com um sorriso. – Mas ganhei de umas mulheres sioux.

Bess ficou em silêncio por um momento, olhando para o cubo de nabo em sua colher.

— Minha mãe... ela não gosta de índios... — Ela não levantou os olhos. — Talvez seja por isso que meu pai... que nunca comemos isso em casa.

Hanna pensou em quando vira a sra. Harris. *Ela não parece gostar muito de mim também.* Mas estava gostando de passar o tempo com Bess e não queria estragar aquilo com pensamentos desagradáveis. Ela apontou para o restante dos nabos-da-campina, pendurados na parede.

— Eles fazem essas tranças como fazemos com cebola — Hanna disse. — No bairro chinês de Los Angeles, tem réstias de alho em todas as lojas. E os mexicanos fazem assim com pimenta.

— Será que pessoas de toda parte trançam seus vegetais para guardá-los? — Bess perguntou.

— É provável, você não acha? Quer dizer, é meio que senso comum... Economiza espaço e mantém os vegetais secos.

Quando elas terminaram de comer, Hanna já sentia como se conhecesse Bess há anos.

Capítulo 20

Elas tinham acabado de voltar ao trabalho quando a voz do pai soou na loja.

— Por aqui, sra. Harris — ele disse.

A mãe de Bess? O que está fazendo aqui?

Os ombros de Hanna ficaram tensos. Sua mente se agarrou a um fiapo de esperança: *Talvez ela não estivesse me ignorando quando saiu da mercearia. Talvez só estivesse com pressa de ir para casa...*

Mas outra parte de sua mente já se atormentava. *Por que sempre faço isso? Por que me dei ao trabalho de torcer por algo que sei que não é verdade?* Seria porque ela sempre queria pensar o melhor das pessoas? Não seria mais fácil esperar o pior, para não se decepcionar repetidamente? Mas como seria passar todas as horas do dia pensando mal das pessoas à sua volta?

Ela considerou suas opções. Podia deixar Bess e o pai receberem a sra. Harris. A mulher certamente preferiria aquilo: que Hanna ficasse em segundo plano, como uma funcionária, uma criada.

Ou ela poderia cumprir seu papel como futura estilista e costureira da Edmunds...

O pai levou a mãe de Bess até a sala de trabalho. Ela usava um vestido de chita marrom, com um acabamento modesto com uma estreita trança vermelha. Era bem-feito. Hanna achava o mesmo das roupas de Bess. A sra. Harris era uma boa costureira, e o acabamento vermelho era um toque de estilo surpreendente.

– Bom dia, sra. Harris – Hanna disse.

A mulher assentiu, com educação, mas não retribuiu o cumprimento.

Bess ergueu os olhos do trabalho, com um largo sorriso no rosto.

– Olá, mamãe – ela disse.

– Olá, querida. – A sra. Harris se virou para o pai. – Espero que não seja um problema eu ter vindo antes que a loja abrisse. Achei que era minha responsabilidade como mãe vir ver onde Bess estava trabalhando.

– É claro – o pai disse. – Ficamos felizes em recebê-la. Se me der licença... – Ele ergueu o pincel, assentiu para a sra. Harris e saiu da sala.

Hanna pigarreou.

– Bess, gostaria de mostrar o espaço à sua mãe? Vou fazer um chá.

– Olhe, mamãe, não é um bom lugar onde costurar?
– Bess disse enquanto Hanna já se dirigia à cozinha.

Hanna não sabia muito bem por que havia se oferecido para fazer chá, mas, enquanto enchia a chaleira, lembrou-se de outra máxima da mãe: *Faça algo doce para quem é azedo*. Ainda que não fosse capaz de praticar a generosidade de espírito da mãe, pelo menos podia dizer a si mesma que fazia o chá por consideração a Bess.

A maior parte das pessoas tinha passado a tomar mais café, só que Hanna permanecia firme em sua lealdade ao chá, tanto verde quanto preto. Chá verde era o preferido da mãe. Quando pequena, Hanna adorava olhar para as folhas secas e enrugadas se expandindo na água quente, como minúsculos botões se abrindo. Na verdade, ainda adorava. Ela também gostava de chá preto, bem forte e com açúcar, às vezes leite, quando havia. Em Los Angeles, os amigos chineses da mãe só bebiam chá verde, enquanto a srta. Lorna só fazia preto. Hanna sempre se perguntou por que não bebiam os dois tipos.

Ela faria chá preto para a sra. Harris, claro. Depois de um momento de hesitação, Hanna acrescentou à bandeja um prato com alguns biscoitos que havia feito para a inauguração da loja. Ela entrou com a bandeja na sala de trabalho e convidou Bess e sua mãe a se juntar a ela para tomar o chá.

– Que agradável! – Bess exclamou. Ela e a mãe se sentaram nas cadeiras que havia. Hanna as serviu, depois foi buscar uma terceira cadeira. *Não vou ficar de pé no canto e servir as duas, como se fosse uma criada. Vou me sentar com elas. Se a sra. Harris não gostar, pode ir embora.*

A janela localizada na face norte da construção deixava entrar a luz do dia sem o sol forte. A sala de trabalho era um lugar bem iluminado e colorido, que parecia ainda mais alegre com Bess falando.

– Tudo de que precisamos está à mão – ela disse. – Dificilmente é preciso dar mais de um ou dois passos.

Ela mordeu um biscoito de melaço.

A sra. Harris sorriu para a filha, depois provou o chá e olhou em volta.

– Tenho que dizer que é um lugar muito simpático – a mulher comentou. – Bess, é trabalho seu limpar?

A menina pareceu surpresa.

– Não, mamãe – ela disse. – Recolho as aparas e coisas do tipo, mas sou paga para costurar.

Imediatamente, o medo começou a crescer no coração de Hanna. Ela já sabia o que a sra. Harris ia dizer.

– Fico contente em encontrar um lugar tão limpo e agradável – a mulher disse.

– Obrigada. – De repente, as mãos de Hanna estavam suadas e os pensamentos giravam em sua cabeça. *É melhor eu dizer alguma coisa. Rápido, diga alguma coisa. Não pense a esse respeito.*

Ela abriu a boca e forçou as palavras a sair.

– A senhora parece surpresa.

– Bem, é que ouvimos coisas por aí – a sra. Harris disse, dispensando aquilo com um vago aceno de mão.

– Que tipo de coisa? – Hanna perguntou. Uma vez que tinha começado, não lhe parecia tão difícil ir em frente. *Vou fazê-la dizer em voz alta.*

– Mamãe? – Bess olhou primeiro para a mãe, depois para Hanna, claramente ansiosa. Hanna sentiu uma pontada de arrependimento por causa de Bess, mas a reprimiu. Estava muito brava no momento.

– Eu mesma nunca disse nada do tipo – a sra. Harris explicou –, mas muitas pessoas acham que os chineses simplesmente não têm os mesmos padrões de limpeza que nós. Fico feliz em ver que não é o caso aqui.

Pronto. Ela havia dito.

Hanna havia sido chamada de "chinesinha imunda" mais vezes do que poderia contar. Em geral, a crueldade fazia seu estômago se revirar tanto que ela ficava muda. Finalmente Hanna tinha se cansado de ficar brava consigo mesma por sua reação, e passara muito tempo pensando em como deveria responder.

E agora responderia, com o rosto sem expressão e a voz tão neutra quanto possível.

– A senhora se lembra da Cavilha de Ouro? – ela perguntou, olhando diretamente para a sra. Harris.

Tanto a sra. Harris quanto Bess pareceram estranhar a súbita mudança de assunto.

– Sim, claro – a sra. Harris respondeu.

– Eu era criança demais, mas aprendi na escola – Bess disse. – As linhas férreas do leste e do oeste se encontraram em 1869, no território de Utah.

— Sim — Hanna disse. — Os trabalhadores do leste eram brancos. Os trabalhadores do oeste eram chineses.

Ela tomou um gole de chá, tentando acalmar o pulso descontrolado. Por cima da borda da xícara, podia ver que as duas estavam perplexas.

— O supervisor da construção da Ferrovia do Pacífico Central era o sr. Strobridge — Hanna prosseguiu. — Ele escreveu um relatório dizendo que os acampamentos chineses eram muito mais limpos que os dos brancos, com muito menos doenças entre os chineses. Se está pensando que essa é uma história que os chineses contam uns aos outros, devo acrescentar que meu pai era um dos fornecedores de material para a ferrovia e ouviu o sr. Strobridge dizer isso pessoalmente.

O pai contara aquela história quando Hanna era bem nova — devia ter seis ou sete anos —, mas ela nunca a esquecera.

Sua voz não se alterara, mas ela sentia o rosto arder. Bess olhava para as próprias pernas. A sra. Harris olhou para além da cabeça de Hanna e se ajeitou na cadeira, claramente desconfortável.

— Estou segura de que não tive intenção de ofender — ela disse, levantando-se. — Acho que é melhor eu ir embora. Não há necessidade de me acompanharem.

Ela saiu da sala antes que Hanna pudesse dizer algo.

As bochechas de Hanna continuavam queimando. Ela sabia que talvez tivesse perdido uma cliente; a sra. Harris poderia considerar seu atrevimento motivo suficiente para não voltar à loja. Sem dúvida, o pai teria algumas palavras a dizer a respeito. Naquele momento, entretanto, Hanna estava mais preocupada com Bess. Perder uma cliente não era nem de perto tão importante quanto perder uma amiga.

Bess estava de pé, tinha se levantado diante da partida abrupta da mãe. Hanna olhou para ela, sem saber ao certo como começar. Devia pedir desculpas? Se pedisse, não seria sincera. Não estava nem um pouco arrependida do que havia dito. Na verdade, estava orgulhosa de si mesma por ter criado coragem de se colocar.

Um momento depois, quando Bess se virou, Hanna ficou surpresa ao ver que a expressão em seu rosto era quase neutra.

– Devo voltar às camadas da anágua? – Bess perguntou.

Hanna piscou. Não esperava aquilo. *Talvez ela não queira falar sobre isso agora. Ou nunca.*

– Sim, pode ser. A menos que prefira trabalhar em outra coisa.

Bess balançou a cabeça. Ela se sentou, inclinou-se sobre a costura e começou a trabalhar com afinco.

Hanna também pegou a agulha. Seria melhor fingir que nada havia acontecido e seguir em frente com o trabalho?

Uma quantidade alarmante de gente lidava com as dificuldades daquele jeito. Hanna detestava falar sobre coisas desagradáveis tanto quanto qualquer outra pessoa, mas odiava pensar que elas estivessem à espreita, esperando pelo momento certo de atacar.

Capítulo 21

O constrangimento passou quando as meninas descobriram que, além de compartilharem sua aversão a abrir casas de botão, também odiavam costurar barbatanas nos corpetes. Em meio a risadinhas, as duas chegaram a uma solução: quando fosse a hora de colocar as barbatanas de baleia, iam se revezar para que nenhuma delas tivesse de fazer tudo sozinha.

— E o mesmo vale para as casas de botão — Bess propôs.

— Vamos fazer um juramento de sangue — Hanna concordou. — Que dedo seu levou mais alfinetadas?

Cada uma ergueu um dedo e o pressionou contra o da outra.

Ao fim do dia, Hanna estava mais do que satisfeita com o progresso delas. Parecia totalmente possível que, com as duas trabalhando, o vestido estivesse pronto dali a dois dias.

Enquanto dobrava o avental, Bess disse:

– Quase esqueci. Pode me acompanhar até a futura igreja? Meu pai está trabalhando lá essa semana e me pediu para lhe dizer que gostaria de ter uma palavrinha com você.

– É claro – Hanna disse. Ela não sabia por que o sr. Harris poderia querer falar com ela e perguntou a Bess.

– Não sei – a menina disse. – Mas ele não pareceu preocupado, se é o que está pensando.

Hanna não sabia realmente o que estava pensando, tão intrigada que ficou com o pedido.

A igreja estava sendo construída na rua transversal, a duas quadras da escola. Quando passou com Bess pela escola, sob o sol forte, Hanna ficou surpresa com o quão parecia pequena. Fazia apenas uma semana que não estudava mais ali, mas a sensação era de que anos tinham se passado.

Quando elas chegaram ao local de construção da igreja, o sr. Harris estava em cima de uma escada, pregando vigas. Ele viu as meninas e acenou.

Charlie Hart também estava ali, fazendo a moldura de uma janela.

– Olá, formandas! – ele as cumprimentou.

Hanna e Bess sorriram para ele e também uma para a outra. Ficaram esperando sob as faixas estreitas de sombra que as vigas da parede formavam. Pouco depois, o sr. Harris desceu da escada e tirou o avental. Após tomar um bom gole de água de um jarro parcialmente enterrado na grama, umedeceu o lenço e limpou o rosto e as mãos.

– Muito bem – ele disse. – Acho que agora estou apresentável. Se não estiver, vão ter que fingir que estou e me desculpar. Bess, pode levar o jarro e meu avental para a carroça? Preciso de um minuto com sua amiga aqui.

– Sim, papai – Bess respondeu, enquanto o coração de Hanna pulava de felicidade. "Sua amiga", ele havia dito.

O sr. Harris e Hanna se afastaram alguns passos da estrutura da igreja.

– Não se preocupe, Hanna, você não se meteu em nenhuma encrenca – ele começou dizendo.

Ela ficou aliviada. Não conseguia pensar em nada de errado que pudesse ter feito, mas havia algo na figura de autoridade que fazia a outra pessoa se sentir culpada.

– Só preciso fazer algumas perguntas sobre o que aconteceu na segunda-feira.

Segunda-feira?

O sr. Harris prosseguiu:

– Seu pai me disse que você encontrou índios fora de suas terras.

Era por causa de Wichapiwin! Como podia ter esquecido?

Papai contou ao sr. Harris, mesmo depois de eu ter implorado. Como ele pôde?

Posso mentir. Posso dizer que não vi ninguém.

O sr. Harris é a lei. Tenho que dizer a verdade.

Mas e se as leis forem injustas? Os colonos não desobedeceram às leis do rei Jorge por esse mesmo motivo?

Hanna quase perdeu o que o sr. Harris disse a seguir.

– ... o que você viu, e partimos daí.

Ela engoliu em seco. Sua resposta demorou para sair.

– Prefiro não dizer.

Hanna notou que os olhos azuis dele se arregalaram de surpresa.

– Ora. Por essa eu não esperava.

Ele não parecia bravo, só intrigado, o que deu a ela coragem para falar.

– Sr. Harris, eu não... não mentiria para o senhor. Mas... tenho que lhe contar o que vi?

– Tem, sim. – A voz dele era gentil, mas suas palavras saíram firmes. – Não temos um tribunal aqui, mas eu sou a lei, e todo mundo tem que responder à lei. – O sr. Harris fez uma pausa. – Quem não responde desobedece à lei, e isso se chama desacato, e tenho o direito de prender qualquer pessoa por isso.

Hanna quase engasgou ao puxar o ar. Não havia lhe ocorrido que poderia ser presa se não contasse a ele o que tinha visto.

– Eu sou a lei aqui – o sr. Harris repetiu, devagar. – Às vezes, a lei não é tão clara e precisa ser interpretada. Nesses casos, é preciso confiar em quem representa a lei.

Ele fitou-a diretamente nos olhos.

O pai havia dito que o sr. Harris era um homem justo. Ele havia permitido que Hanna frequentasse a escola, decidindo a seu favor e contra a opinião dos pais. Mas ela não sabia o que ele achava dos índios. Não, aquilo não era verdade: o fato de que se tratava de um homem branco proprietário de terras na fronteira era, por si só, um atestado de que ele era contra os índios.

Mas não é diferente comigo. Papai e eu moramos aqui, em LaForge, tanto quanto o sr. Harris. Faz poucos anos que este lugar deixou de ser território dos índios. Não. Ainda é território dos índios, que foi roubado pelos brancos. Não é porque você rouba alguma coisa que ela passa a lhe pertencer.

Se Wichapiwin não tinha um passe, Hanna não achava que se tratava de uma questão de "interpretação".

Ela poderia lhe contar o que tinha visto, fazendo com que Wichapiwin e as outras corressem o risco de ser presas. Ou poderia se recusar a responder, correndo ela mesma o risco de ser presa.

Desculpe, Wichapiwin, desculpe, desculpe, desculpe..., ela se lamentou mentalmente, com o coração apertado por sua própria covardia.

— Vi um grupo de índias — ela disse, com a voz trêmula.

— Eram só mulheres?

— Mulheres e crianças. Duas menininhas e um bebê de colo.

— O que elas estavam fazendo?

— Coletando nabo.

Em sua cabeça, Hanna viu Wichapiwin: tomando sopa, oferecendo a trança de *timpsina*, arrancando um tubérculo do chão... Wichapiwin, uma mulher que agora era uma espécie de amiga. Hanna tinha de dar um jeito de fazer com que o sr. Harris compreendesse aquilo. Mas precisava tomar cuidado para não dar muitos detalhes a respeito de Wichapiwin, para que a mulher não corresse o risco de ser presa.

– O senhor sabia que a palavra sioux para nabo-da-campina é *timpsina*? – Hanna ergueu o queixo e firmou a voz. – Elas me ensinaram isso. Me deram um pouco e me ensinaram a cozinhar. Fiz sopa e coloquei *timpsina*, e Bess... ela comeu e gostou.

Hanna parou, ciente de que estava falando demais.

– Sopa, é? – O sr. Harris hesitou antes de fazer a próxima pergunta. – Imagino que não tenha visto nenhuma arma.

– Não – ela disse. – Só varas de madeira. Para revirar a terra e chegar ao nabo.

Ele pareceu refletir, ficando em silêncio por um longo momento. Hanna não disse nada porque sentiu que ele estava tomando uma decisão.

– O sistema de passes – o sr. Harris afinal disse. – Até onde sabemos, é para impedir os índios de se reunir para guerrear ou invadir. Na minha opinião, um grupo de mulheres e meninas colhendo nabo-da-campina não constitui uma ameaça a LaForge. Não vejo necessidade de enviar um relatório a Yankton.

– Obrigada, senhor.

Foi só quando Hanna soltou o ar que percebeu que estivera prendendo a respiração.

Capítulo 22

Aparentemente, o assunto estava encerrado sem causar nenhum dano, mas Hanna continuava furiosa. Na verdade, o pai não havia prometido que não contaria ao sr. Harris. Mas não era apenas porque ele tinha ignorado seu apelo que ela estava brava. Hanna decidiu que tinha de se colocar, mesmo que ele não quisesse ouvir.

Ela esperou até que o pai quase terminasse o jantar.

— Falei com o sr. Harris hoje — ela disse. Na futura igreja.

— Eu sei. Ele me falou que precisaria falar com você, já que foi a única a ver as índias.

— Eu pedi que não contasse a ele.

Ele franziu a testa, que ficou vermelha.

— Acha que sabe mais do que eu? Você me pediu para infringir a lei.

Hanna estava pronta para aquilo, determinada a compensar sua covardia perante o sr. Harris.

— Papai, o senhor considera a srta. Lorna uma boa cristã?

— Mas por que... do que está falando?

— Estou falando de quando o senhor e a mamãe se casaram.

Ela ouviu a história pela primeira vez quando tinha cerca de nove anos de idade. Na época, eles passavam a maior parte das noites em torno da cama da mãe: ela bem enrolada no xale xadrez, não importando qual era a estação. Hanna na cadeira de balanço que havia de um lado e o pai na poltrona, do outro. Hanna perguntara à mãe como ela e o pai haviam se casado.

A mãe começara a falar, mas perdera o fôlego, então acenou com a cabeça para que o pai prosseguisse.

— Fui falar com a srta. Lorna — ele disse. — Ela era o mais perto de uma família que sua mãe tinha. Eu vinha jantando com elas fazia mais de um ano, então a srta. Lorna já era quase família para mim também. Perguntei se ela achava que haveria algum problema se eu me casasse com a sua mãe.

— O que ela respondeu? — Hanna perguntou.

— Ela não deixou. De jeito nenhum. Ela disse: "Sr. Edmunds, sabe que é contra a lei."

Hanna ficou de queixo caído.

— Contra a lei?

— Sim. É ilegal que uma pessoa branca se case com uma chinesa.

Hanna mordeu o lábio, tomada por um medo que não sabia nomear. Ela ainda não compreendia as profundezas do terror de quando a injustiça era sancionada pela lei.

A mãe se esticou para tocar no braço da filha. Hanna viu que os olhos da mãe brilhavam. Sem palavras, ela lhe dizia que não precisava se preocupar porque aquela não era uma história triste. Hanna se sentiu melhor na mesma hora.

— Você já sabia disso, não sabia, papai?

Ele assentiu.

— Sim.

— Então por que perguntou a ela?

— Porque o que eu estava perguntando era outra coisa. A srta. Lorna era uma mulher inteligente, e eu tinha certeza de que ia compreender. Ela disse: "Sr. Edmunds, aqui no estado da Califórnia temos *leis*, diferentemente de lugares como... como *o território do Arizona*." Ela respondeu à pergunta que estava na minha cabeça, e não à que eu havia feito.

Hanna olhou para ele e depois para a mãe.

— Está querendo dizer... que ela falou para irem para o Arizona?

— Sim. Ela nos deu sua bênção, muito embora fosse contra a lei. Fomos para o território do Arizona. Deu algum trabalho, mas finalmente encontramos alguém que podia realizar a cerimônia.

— Quem?

— Um juiz de paz.

Aquilo soava bem, as palavras "justiça" e "paz" usadas juntas.

— Então vocês se casaram com um juiz de paz — Hanna disse.

O pai revirou os olhos.

— Com um juiz de paz, não. Nós nos casamos um com o outro.

— Papai! — Hanna não conseguiu reprimir a risada. Embora rir fosse difícil para a mãe, seu sorriso naquele momento iluminou cada recanto do mundo da filha.

Hanna estava certa de que o pai sabia a que ela estava se referindo — pelo menos no que dizia respeito à srta. Lorna.

— O senhor não infringiu a lei, mas deu um jeito de contorná-la — ela disse. — O senhor e a mamãe.

— Não fale mal de sua mãe.

Hanna controlou o impulso de revirar os olhos porque ele não a entendeu.

— Papai, não estou falando mal dela. Como poderia? Se não tivessem feito o que fizeram, eu não teria nascido. Vocês dois, assim como a srta. Lorna, sabiam que a lei estava errada e fizeram o que era preciso fazer.

— Aquilo foi diferente.

— Como?

— A lei deve ficar de fora da vida pessoal do homem. Desde que eu não a estivesse forçando a se casar comigo, o assunto só dizia respeito a mim e a ela. E a nossas famílias.

Tocar no assunto do casamento não havia convencido o pai como Hanna achava que aconteceria, e ela não conseguia pensar em outra maneira de mudar sua opinião.

— É como se estivesse dizendo que as coisas só são injustas quando acontecem com o senhor.

Aquilo o deixou furioso.

— Estou farto do seu atrevimento — ele retrucou, e empurrou a cadeira para longe da mesa. — Diga-me logo: o que Harris vai fazer?

Ela abaixou os olhos.

— Ele disse que Wichapiwin e suas amigas não são uma ameaça para LaForge. Não vai denunciá-las.

— Minha nossa, Hanna! Era isso que você queria, não era? Então por que é que está me importunando com essa história?

Ele se levantou e saiu da sala, com passos pesados.

Hanna se recostou na cadeira. A conversa havia durado apenas um ou dois minutos, mas a tinha deixado exausta, e não fora bem-sucedida em convencer o pai nem um pouco.

No dia seguinte, tudo pareceu dar errado na costura, como se contaminado por aquela conversa difícil.

Hanna estava decidida desde o começo a fazer o vestido do seu tamanho. Se não houvesse nenhuma encomenda, pelo menos teria um vestido novo para usar. Ela fora meticulosa ao se medir e ajustar o molde de acordo.

Quando Bess terminou de alinhavar o corpete, Hanna o experimentou.

Estava muito apertado.

– Ovos podres! – Hanna xingou baixo. – Ovos podres, fedidos, pútridos, nojentos!

Bess pareceu assustada.

– Como?

– Ah! Desculpe. É algo que minha mãe costumava dizer. O xingamento preferido dela, traduzido para o inglês, era "ovos podres". Eu... bem, às vezes eu o aumento um pouco.

Os olhos de Bess pareceram brilhar um pouco.

– Então você pode xingar sem que as pessoas saibam – ela disse. – Vou experimentar fazer isso em casa.

Hanna teve de rir, mas depois ficou séria e balançou a cabeça.

– Não tenho margem de costura suficiente para consertar. – Ela teria que cortar de novo a parte da frente do corpete. – O que foi que eu fiz de errado? – Hanna gemeu.

Depois de descosturar o corpete, ela e Bess descobriram qual havia sido o erro: Hanna tinha se esquecido de compensar a eliminação do acabamento do modelo original, que era muito mais largo que a guarnição franzida que ela tinha posto no lugar. Era um erro tolo, de iniciante. Só que Hanna não era uma iniciante, o que só a deixou mais irritada consigo mesma.

– Não adianta chorar pelo leite derramado – Bess disse. – É o que minha mãe sempre diz, pelo menos. Vou começar a fazer a bainha da saia. Você cuida do corpete, não precisa se preocupar com mais nada. Vai ser mais rápido agora, porque já fizemos uma vez.

Hanna olhou para ela brevemente, grata.

Capítulo 23

Bess estava certa: no meio da tarde, Hanna já havia substituído a parte da frente do corpete, que agora servia perfeitamente. Bess saiu pelos fundos para usar a latrina. Quando voltou, disse:

— Nossa, que rosas lindas. Eu não sabia que dava para cultivar daquele jeito.

— Minha nossa! — Hanna se levantou de um pulo. — Eu me esqueci delas. A sra. Blake, do hotel, disse que eu podia pegar algumas latas de banha com ela. É melhor eu ir buscar.

As rosas-da-campina ainda precisavam ser replantadas para a inauguração. Também era sábado, dia de banho, de modo que a tina precisaria ser esvaziada e limpa.

— Precisa de ajuda? Quer que eu vá junto?

— Não, não, prefiro que fique aqui e prossiga com a bainha. Não vou demorar muito.

Hanna subiu a rua correndo, na direção norte, e atravessou para o outro lado. A sra. Blake, que era dona do hotel, a levou até a cozinha, onde pegou as latas com Ellie, uma menina que trabalhava ali. Ellie era apenas alguns anos mais velha do que Hanna. Sua família morava em um terreno a muitos quilômetros da cidade. Ela dormia no hotel e trabalhava longas horas por dia, cozinhando e limpando para os hóspedes.

— Eu gostaria de ir à inauguração, mas não poderia comprar nada — Ellie disse, melancólica.

— Você tem que ir — Hanna disse. — Pode olhar o quanto quiser, e vamos servir refrescos. Também vai haver um sorteio.

Quando Hanna saiu do hotel, a porta de tela do estabelecimento ao lado se abriu com tudo, e dois homens saíram da taberna. Ambos estavam claramente bêbados. Hanna reconheceu um deles, para seu espanto: era o sr. Swenson, pai de Dolly. Ela sentiu uma pontada de pena da amiga.

Ao lado dele, estava um homem que Hanna não conhecia. Seu rosto era largo e corado, e ele estava vestido como um fazendeiro, de botas, calça e camisa xadrez suja. Tinha uma garrafa de bebida em uma mão.

O desconhecido notou Hanna.

— Ora, veja só — ele disse. — Uma pele-vermelha.

Swenson olhou para Hanna.

– Que nada – ele disse, com a lentidão da bebida. – Ela não é pele-vermelha. É chinesa. Olá, chininha.

– Uma chinesa aqui? Minha nossa! – O homem encarou Hanna, com os olhos vermelhos. – Sabe o que dizem sobre as chinesas, não, Swenson?

Seu olhar malicioso era repulsivo.

– Claro que sei, Conners – Swenson respondeu. Ele riu com vontade, tropeçou e teve de se segurar no amigo para manter o equilíbrio. Então pegou a garrafa e deu um gole.

Depressa, enquanto estão distraídos...

Hanna tentou passar pelos dois homens. Swenson baixou rapidamente a garrafa e se colocou na frente da menina, bloqueando a passagem.

– Aonde vai com essa pressa toda, chinesinha? Eu disse olá. Não é educada o bastante para responder? – ele disse, sua voz assumindo um tom ameaçador.

Hanna queria respirar fundo, mas seus pulmões estavam rígidos. Quase podia sentir a maldade no ar. Seus pensamentos se desintegraram em meio ao pânico. Por que ninguém notava o que estava acontecendo? Havia gente não muito distante, bem ali, do outro lado da rua.

Os dois homens avançaram na direção de Hanna, que ficou com as costas para a parede da taberna. Eles não podiam lhe fazer mal ali, no meio da rua, em plena luz do dia, podiam? Mas se a arrastassem para o beco atrás das casas...

Hanna notou que seu próprio medo animava o rosto dos homens, como se os dois se alimentassem dele.

– Ih, olhe. Você assustou ela – Conners disse.

– Não, essa não tem medo de mim. Já nos vimos antes – Swenson respondeu. – É de *você* que ela tem medo. Venha, menina, ninguém vai machucá-la. Desde que não dê trabalho.

Ele gargalhou, então colocou a mão no ombro dela, perto do pescoço.

Hanna se afastou, como se o toque a queimasse. Ele a puxou em sua direção, pegando-a com mais força, até que ela sentiu as unhas dele cravadas em sua pele. Tudo ficou embaçado. Hanna enrijeceu o corpo, determinada a não desmaiar.

Quando sua visão ficou mais nítida, um segundo depois, ela se pegou olhando para o colarinho de Swenson, tão desgastado que as bordas já desfiavam. O botão superior estava faltando.

Mamãe sempre dizia que uma camisa sem um botão é tão ruim quanto um relógio sem um ponteiro.

– POSSO CONSERTAR ISSO – ela disse, alto.

Ambos os homens piscaram, perplexos, embora nenhum deles estivesse mais surpreso do que a própria Hanna.

– Está faltando um botão – ela se explicou, depressa. – Se me der sua camisa, posso levar à loja e colocar um botão novo. Só vai levar um minuto.

Swenson olhou para a própria camisa, e ela sentiu sua pegada aliviar. Ele parecia tão confuso que Hanna teria rido, se não estivesse tão desesperada para fugir. Deu meia-volta e disparou na direção do hotel.

— *Ei!* — Conners gritou. Ela ouviu o impacto das botas contra a calçada atrás de si. Mais à frente, já via a porta do hotel. Estava quase chegando, só um pouquinho mais...

A porta se abriu, e a sra. Blake saiu. Hanna teve de parar bruscamente para não dar com ela. Conners e Swenson, bêbados demais para ter uma reação rápida, trombaram um com o outro e acabaram caindo na calçada.

— SR. SWENSON! — trovejou a sra. Blake. — Não vou avisar de novo! Fique *longe* do meu hotel, você e seus amigos inúteis, sempre bêbados e irresponsáveis. Este é um estabelecimento para pessoas *decentes*! Vou chamar as autoridades, vai ver só!

Algumas pessoas saíram do hotel e testemunharam a comoção. Outras, que passavam na rua, pararam para olhar. A sra. Blake virou-se para Hanna. Era uma mulher corpulenta, com cabelo castanho preso no alto da cabeça e sobrancelhas severas que pareciam muito escuras em contraste com a pele clara. Principalmente quando estavam franzidas.

— Foi você que causou este tumulto? — a mulher perguntou a Hanna.

Era muito injusto! Imediatamente Hanna sentiu os olhos arderem, com as lágrimas. Ela piscou rapidamente, depois abriu a boca para protestar, mas estava abalada demais para se defender.

— Não, senhora — Hanna disse apenas. — Eu estava... já estou indo embora.

Só então ela se deu conta de que ainda segurava as latas de banha.

Trêmula, Hanna decidiu atravessar a rua principal para não passar de novo na frente da taberna. Diante do hotel, um grupo considerável de homens e meninos gritava e zombava de Swenson e Conners, apontando para os dois, que continuavam esparramados na calçada.

– Estão confortáveis aí, rapazes?

– Não sabe beber direito, Swenson?

– Estão varrendo a calçada com o rosto? Ficou faltando um lugar!

Hanna atravessou a rua depressa e se escondeu atrás das carroças e dos cavalos amarrados. Quando voltou a olhar, os dois homens já estavam de pé, tentando se livrar da multidão e gritando um com o outro.

– ... não foi culpa minha, seu completo idiota! Você está mais bêbado do que eu!

– ... aquela maldita chinesinha...

Os dois homens viraram no beco. Para alívio de Hanna, logo sumiram de vista.

Hanna correu para os fundos da loja. Não queria ter de falar com o pai. Ela largou as latas de banha do lado de fora do alpendre, depois entrou para pegar a espátula.

As rosas-da-campina estavam indo bem na tina. Os seis arbustos tinham sobrevivido. Hanna se pôs de joelhos e começou a tirar a terra da tina e transferir para uma das latas de banha. Ela trabalhava cada vez mais rápido, conforme as lágrimas rolavam por suas bochechas. Logo, ela estava cravando a espátula na terra repetidas vezes, chorando e soluçando, com a mente focada no pedido de que o pai não aparecesse na porta dos fundos.

Nada do que ela havia experimentado antes a preparara para aquele terror. Apesar de toda a dor das zombarias e intimidações no passado, agora ela sabia que seu corpo sempre estivera a salvo. O fato de Swenson ter colocado as mãos nela fazia Hanna sentir-se vulnerável ao extremo, como se nunca mais fosse recuperar as forças.

A porta se abriu alguns minutos depois, mas quem apareceu foi Bess, e não o pai.

– Achei que tinha ouvido... Hanna! Ah, nossa, qual é o problema? O que aconteceu?

Bess se ajoelhou ao lado de Hanna e pôs a mão em seu braço, gentilmente pegou a espátula. Hanna cobriu o rosto com as mãos para abafar os soluços. Ela sentiu Bess saindo do seu lado e voltando pouco depois. Àquela altura, Hanna tinha conseguido parar de chorar.

– Aqui – Bess disse, em voz baixa e firme, passando-lhe um pano úmido. Hanna limpou o rosto, depois pressionou o pano contra os olhos por um bom tempo porque o frescor a tranquilizava. Ela tomou um gole de água da caneca de lata que Bess lhe havia entregue e finalmente sentiu o coração desacelerar.

– Quer que eu vá buscar seu pai? – Bess perguntou.

Hanna levantou o rosto, com os olhos arregalados.

— Não! Não!

— Calma. Tudo bem, não precisa se preocupar. Mas você precisa subir e trocar de vestido — Bess disse, e apontou com o queixo para o ombro direito de Hanna. A menina baixou os olhos e notou que o vestido tinha rasgado na costura.

Ela se levantou devagar. Bess a seguiu pela cozinha e escada acima até o quarto. Enquanto Bess desabotoava as costas do vestido, Hanna voltou a chorar. A última pessoa que a havia ajudado a se despir fora a mãe, já doente, quando Hanna tinha cerca de sete anos.

— Você se machucou — Bess disse. Continuava falando baixo, mas agora sua voz parecia tensa de raiva.

Marcas arroxeadas de dedo e um arranhão feio marcavam o ombro de Hanna. Bess limpou o arranhão com o pano úmido. Hanna estremeceu e se encolheu com a lembrança do toque de Swenson.

— Quem fez isso? — Bess perguntou.

— O sr. Swenson — Hanna respondeu, num sussurro. — Ele estava com outro homem que eu não conheço. Collins, acho. Não, Conners.

— Você precisa contar ao meu pai.

— Não — Hanna falou. — Vão dizer que foi culpa minha.

— Como pode ter sido culpa sua? Foi você que ficou machucada. E é uma menina, contra dois homens adultos...

Hanna a interrompeu.

— Uma menina mestiça — ela disse. — Contra dois homens brancos. Vai ficar todo o mundo do lado deles, e não do meu.

Ela pensou nos julgamentos que haviam se seguido aos distúrbios em Los Angeles. As provas contra os homens brancos que haviam linchado cerca de vinte chineses eram esmagadoras. No entanto, todos os assassinos foram libertados sob apelação, não porque fossem inocentes, mas porque o júri e os juízes, todos brancos, não queriam punir homens brancos por matar chineses.

– Meu pai vai acreditar em você – Bess disse, determinada.

Hanna estava tão cansada que não achava que seus próprios ossos iriam sustentá-la por muito tempo.

– Você e seu pai – ela disse, com a cabeça baixa. – Mas talvez sejam os únicos.

Capítulo 24

De alguma maneira, Hanna conseguiu passar o resto da tarde sem ver o pai. Bess ficou indo de um lado para o outro. Passou as rosas-da-campina para as latas de banha, esvaziou e limpou a tina, continuou trabalhando na bainha do vestido. Hanna devia estar colocando o acabamento em uma manga, mas estava tão distraída que precisava desfazer os pontos o tempo todo. Mal notou quando Bess foi embora ao fim do dia.

Hanna serviu o jantar ao pai e avisou a ele que ia tomar um banho e ir para a cama. Ele continuava ocupado preparando a loja para a inauguração, por isso vinha trabalhando até tarde da noite.

A menina passou a noite em meio a pesadelos. No pior deles, um Swenson gigantesco agarrou seu ombro com uma pata enorme e a puxou para si. Ela não conseguia escapar por mais que tentasse, mas fez tanto esforço que acabou acordando, debatendo-se, ofegante, suada.

Na manhã seguinte, não se levantou no horário de sempre. Disse ao pai que não estava se sentindo bem, e ele foi à igreja sozinho.

Hanna se forçou a sair da cama e se vestir antes que ele voltasse. Se preparasse uma bela refeição, talvez ele não notasse que havia algo de errado. Ela sentia o corpo todo dolorido, movendo-se rigidamente enquanto fritava batatas e cebolas para acompanhar a carne de porco salgada. A comida estava pronta quando ela ouviu a porta da frente abrir e fechar.

– Hanna!

Seu corpo enrijeceu ao som da voz do pai, que saiu alta e furiosa. Um momento depois, ele estava na cozinha.

– Que raios aconteceu?

– Do que está falando, papai?

Ela queria desesperadamente evitar a pergunta. Estava morrendo de medo de que, se contasse a verdade, ele tentaria acertar as coisas com Swenson, e como saber no que isso poderia dar?

– Pode se explicar! – Ele bateu na mesa. – Tudo o que sei é que mais de meia dúzia de pessoas vieram falar comigo depois da igreja, para dizer que não vão poder vir à inauguração. As mesmas mulheres que haviam me dito que mal podiam esperar por uma loja de artigos para vestidos na cidade. Algo aconteceu para mudar a ideia delas.

– O que o senhor ouviu?

A pergunta parecia intrigante o bastante a ponto de tranquilizá-lo um pouco.

– Nada, na verdade. Mas tive aquela sensação, de que estavam falando de algo que não queriam que eu soubesse. – Sua testa se franziu. – E as pessoas que falaram comigo foram bastante claras. Não vão vir à inauguração e, pelo modo como falaram, não pretendem se tornar clientes. Ninguém quis me explicar o motivo. E imagino que haja outros que só não tenham vindo falar comigo, mas pensam o mesmo.

A notícia do encontro entre Hanna e Swenson devia ter se espalhado. Não importava o que havia acontecido de fato. O povo da cidade, ou a maior parte dele, ia presumir que a culpa era *dela*, assim como a sra. Blake.

Indecente. Pecaminosa. Anticristã. Era o que deviam estar pensando dela.

Eles não iam frequentar uma loja onde aquele tipo de menina trabalhava.

A menina levou as mãos à barriga. Não apenas tinha sido atacada, mas os fatos estavam sendo distorcidos para prejudicar o pai e a loja. O peso da injustiça era esmagador. Hanna não sabia se chorava, se xingava ou se corria para a latrina, porque ia passar mal.

Respire. Respire.

– Você não ouviu nada? Nada a respeito de nós dois, ou da loja? – o pai perguntou.

— Não saio de casa desde ontem à tarde — ela disse, tomando cuidado para não mentir. — Não vi ninguém além de Bess depois disso.

O pai balançava a cabeça.

— Acho que não temos alternativa — ele disse. — Vamos abrir como planejado e ver o que acontece.

Os ombros dele estavam caídos, acusando derrota. Hanna ficou preocupada ao vê-lo daquele jeito. *Quase preferiria que ele voltasse a ficar bravo comigo.*

Ela se agarrou a um fiapo de esperança. E se ela e o pai esperassem um pouco? Talvez as fofocas e os boatos esfriassem e acabassem desaparecendo da lembrança de todos.

Mas, se as pessoas estivessem convictas de que ela não era respeitável, poderiam forçá-la a carregar aquela mácula por todo o tempo que passasse em LaForge. Ela e o pai precisariam ir embora para se livrar daquilo.

Hanna mal provou a comida. Quando o pai subiu para tirar sua soneca da tarde de domingo, ela pôs o chapéu e saiu pela porta dos fundos. Um plano começava a se formar em sua mente.

A srta. Walters morava na parte leste da rua transversal. Hanna não precisava passar pela rua principal. Podia ir até a casa dela pelos becos. Quando chegou, bateu à porta da frente, torcendo para que a própria srta. Walters atendesse, e não sua mãe ou seu irmão, com quem morava.

— Hanna?

Por sorte, era mesmo a srta. Walters que estava ali à porta. Distraída, Hanna foi breve nos cumprimentos.

– Olá, professora. Queria lhe perguntar uma coisa.

– Gostaria de entrar?

– Não, não. Muito obrigada, professora.

A srta. Walters contornou a casa com Hanna até um banco nos fundos, encostado na parede do alpendre. Elas se sentaram lado a lado.

– Papai ficou sabendo que... que as pessoas não vão mais à inauguração da loja. E talvez não comprem nada de lá.

– Sinto muito por isso, Hanna.

Ela não perguntou o motivo, o que significava que havia ouvido as fofocas. Hanna ficou envergonhada, muito embora lutasse contra aquilo.

– Eu queria perguntar se... se a senhorita acha que faria algum bem se eu andasse pela cidade e... e visitasse algumas pessoas. Mulheres. Para tentar fazê-las mudar de ideia quanto a ir à loja. – Ela quase passava mal à mera menção de fazer aquilo. – Eu poderia contar o que aconteceu. A culpa não foi minha. Juro que não.

– Acredito em você, Hanna – a srta. Walters disse baixo. Depois de uma pausa, ela acrescentou: – Não é a primeira vez que o sr. Swenson se envolve em... em discussões desagradáveis.

Hanna respirou fundo.

– Se é assim, professora, talvez as mulheres... ouçam o que tenho a dizer...

Ela parou de falar, notando a apreensão nos olhos da srta. Walters.

Por um longo momento, nenhuma das duas falou.

– Se eu fosse você – a professora começou a falar devagar –, acho que deixaria as coisas assim por um tempo.

– Ela pôs uma mão no braço de Hanna, com delicadeza.

– Pode ser um daqueles casos em que as coisas vão se resolver mais rapidamente sem interferência.

Hanna baixou a cabeça e se encolheu. A srta. Walters conhecia quase todas as famílias na cidade e certamente saberia melhor do que Hanna como poderiam reagir a uma visita.

– Sim, professora.

– Sei que pode parecer difícil, mas tenho certeza de que tudo vai dar certo.

– Obrigada, professora.

Hanna se despediu. No caminho de volta para casa, ficou pensando como seria sentir que tudo ia dar certo.

Hanna desrespeitou o descanso semanal para trabalhar no vestido verde. Apesar do que havia acontecido, ia terminá-lo, porque a mãe não gostaria que o abandonasse. Em geral, a perspectiva de um vestido novo a animava, mas aquele sempre a recordaria de seu fracasso. Mesmo assim, trabalhar era melhor do que não fazer nada. Manter-se ocupada ajudava a afastar a lembrança do ataque para um canto escuro de sua mente.

Na manhã de segunda-feira, um dia antes da inauguração, Hanna atendeu à porta. Era Bess, mas a menina não entrou.

— Sinto muito — ela disse, com a voz baixa e trêmula. — Não vou trabalhar hoje. — Bess olhou para Hanna, pesarosa. — Não sou eu, juro. É a mamãe. Ela... ela disse que não posso mais trabalhar para você. Nem queria que eu viesse me explicar, mas papai disse que eu poderia.

Hanna se manteve imóvel — primeiro em choque, depois com cada vez mais raiva. Claramente, os Harris haviam ouvido os boatos. A reação da sra. Harris era previsível. O sr. Harris permitira que Bess fosse à loja se explicar, mas não que continuasse trabalhando. Como a srta. Walters, ele entendia, mas só até certo ponto. Ambos eram a favor da justiça, desde que não fosse inconveniente ou desconfortável.

Mamãe, por que não está aqui? Posso costurar, mas não posso consertar o que está errado. É muito difícil fazer tudo sozinha.

Ela sentiu a resposta silenciosa da mãe.

"Sozinha?"

Hanna esperou, de cabeça baixa, olhando para os próprios sapatos.

Era só aquilo?

Mamãe, por favor, diga alguma coisa...

— Hanna, por favor, diga alguma coisa.

Assustada, ela levantou a cabeça. Bess continuava à sua frente.

Tem razão, mamãe. Não estou sozinha.

A mãe sabia a importância de ajudar outras pessoas – e de aceitar ajuda delas. Dos missionários. Da srta. Lorna. Do pai de Hanna, dos clientes, dos amigos. Talvez aquilo fizesse parte do que realmente significava ser independente: aprender quando ser forte por si só e quando ser forte com a ajuda dos outros.

– Bess, posso falar com você um instante?

Capítulo 25

Bess entrou na cozinha, mas recusou educadamente a sugestão de Hanna de que se sentasse. Hanna ficou de frente para ela.

— Está bem claro que as pessoas ouviram falar do que aconteceu no sábado. Só que não ouviram a verdade. Acham que não me comportei de maneira adequada, pelo contrário, tão mal que não querem vir à inauguração da loja. Nem comprar coisas aqui. Não é justo que o sustento da minha família esteja correndo risco. Por causa de mentiras.

— Sinto muito — Bess sussurrou de novo.

— Sente mesmo?

Bess piscou.

— Você diz que sente muito pelo que está acontecendo conosco. Sente a ponto de nos ajudar?

— Mas o que posso fazer?

Uma leve onda de esperança percorreu o corpo de Hanna.

— Preciso que as mulheres da cidade saibam a verdade: que aqueles homens me atacaram e que eu não me comportei mal de modo algum. Mas não quero a autoridade envolvida, porque aí meu pai ficaria sabendo. — Ela encarou os olhos azuis e arregalados de Bess. — Se eu tentasse convencer as mulheres, elas não acreditariam em mim. Não, pior ainda: elas nem me ouviriam. Mas *você* poderia fazer isso. Elas convidariam você a entrar. Ouviriam o que tem a dizer, mesmo aquelas que não me diriam nem as horas caso eu perguntasse.

— Não sou boa para conversar com estranhos — Bess disse.

— Não falei que seria fácil.

Silêncio.

— Quero ajudar, de verdade — Bess disse, com os olhos cheios de lágrimas. — Mas acho que não posso. O que eu diria à minha mãe?

A onda de esperança estava se dissipando. *É algo difícil o que estou pedindo a Bess. Mas, de alguma forma, preciso fazer com que ela entenda que é muito mais fácil ser ignorada, atacada, odiada, cuspirem em você, perder seu negócio e seu lar... do que fazer uma única amiga de verdade em anos.*

Se a loja fracassasse, o pai teria de vender tudo, e eles partiriam mais uma vez.

Hanna pensou no que guardaria de sua passagem por LaForge – coisas boas, esperava. Aquelas semanas na escola, quando eram apenas ela, Bess e Sadie, além da srta. Walters...

– A srta. Walters. – Hanna se surpreendeu ao ouvir a própria voz. – Ela pode ir com você.

Bess ergueu a cabeça.

– Acha que ela faria isso?

– Não sei. Fui vê-la ontem. Ela me disse para não fazer nada, que talvez passasse mais rápido. Mas demorou um pouco para me dizer isso... Bem, você poderia começar falando com ela.

Bess pareceu se animar um pouco.

– Isso eu posso fazer – ela disse.

Durante toda a manhã, Hanna ficou torcendo para que Bess voltasse na hora do almoço para lhe dizer como tinha sido. Mas a hora chegou e passou sem que a menina aparecesse. Depois disso, a tarde pareceu que nunca ia terminar.

Hanna havia passado a maior parte do dia trabalhando no vestido. Terminou a bainha, pôs o acabamento nas mangas e fez doze penosas casas de botão. A única coisa boa na ausência de Bess era que Hanna tinha mais do que o suficiente para se manter ocupada. E, embora não estivesse orgulhosa disso, ela não podia evitar o pensamento mesquinho e rancoroso de que Bess a havia deixado para fazer todas as casas de botão sozinha.

Quando ela finalmente terminou as centenas de pontos necessários, pregou cada um dos doze botões de vidro, bem firmes. Depois, levantou-se e se alongou, girando os ombros. Hanna levou uma mão ao pescoço para massagear os músculos tensos, mas então se lembrou dos hematomas e abaixou a mão devagar.

Não pense. Siga em frente.

Depois que pôs o ferro para aquecer, começou a forrar as latas de banha. Elas eram azuis e tinham BANHA PURA escrito em branco. Os cantos estavam enferrujados e a tinta, lascada.

Hanna escolheu uma chita rosa listrada bonita, que não era cara, e cortou seis retângulos cuidadosamente medidos. Depois de ter unido as duas pontas dos retângulos com pontos rápidos, ela abriu os tecidos para formar cilindros de cerca de quinze centímetros de altura. Hanna revestiu cada lata como um cilindro, depois fez um laço de fita cor de creme.

As flores tinham feito sua parte à perfeição, desabrochando na data certa. Hanna reorganizou a vitrine. Deslocou o suporte com os tecidos para a esquerda e colocou os seis arbustos nas latas forradas no parapeito. O pai havia instalado um gancho de metal no alto do recuo da janela, onde ela penduraria o vestido pronto.

A cambraia fina ficou linda depois de passada, lisa e macia. Hanna pendurou o vestido em um cabide, e o cabide no gancho. Então deu um passo atrás para olhar para a vitrine inteira. Estava voltada para a loja, uma vez que o vidro continuava coberto por papel pardo. Hanna viraria tudo para o outro lado na manhã seguinte.

O "céu" azul, os lindos tecidos no suporte, os arbustos floridos e, principalmente, o vestido verde de cambraia fina... Hanna estava tão orgulhosa de como a vitrine tinha ficado que queria bater palmas como uma criança. *Mamãe teria amado.*

Mas, no momento seguinte, lágrimas molhavam seus cílios. E se ninguém viesse à inauguração? E se ela e papai fossem as únicas pessoas na cidade que vissem a vitrine?

Pelo menos uma dezena de vezes, Hanna foi de um lado a outro da loja, da janela da frente até o alpendre nos fundos, torcendo para que Bess voltasse. Ela esperou pela amiga até o sol se pôr no horizonte.

Bess não apareceu.

Se tivesse boas notícias, já teria passado aqui.

– Boa noite, papai – Hanna disse, apesar do nó na garganta. Sentia-se oca. Parecia-lhe que, se alguém cutucasse seu ombro, ela cairia no chão, amassada como um trapo puído.

O pai continuava na loja, varrendo, tirando o pó e polindo à luz da lanterna. Ele já havia limpado todo o lugar, mas agora limpava de novo, como se lustrar a madeira até brilhar fosse atrair clientes. Hanna concluiu que ele também sentia que não podia parar.

O pai levantou a cabeça e assentiu para ela, sem deixar de trabalhar.

– Boa noite, Hanna.

Hanna se deitou na cama e se virou de lado. Achou que ia chorar, mas seus olhos permaneceram secos. Ficou acordada por um bom tempo, exausta e com o coração pesado. Acabou ouvindo os passos do pai na escada e o ranger das tábuas de madeira indicando que estava indo se deitar também.

No momento mais escuro da noite, ela pensou em algo que havia se esquecido de fazer. Então se levantou, acendeu a lanterna e desceu, na ponta dos pés. Encontrou do que precisava na sala de trabalho e pegou o vestido da vitrine.

Hanna desabotoou o colarinho do vestido. No avesso, perto da costura do ombro direito, bordou uma pequena flor de lótus de cinco pétalas, com linha rosa-claro. Depois voltou a abotoar o vestido e o alisou.

Pronto, mamãe. Agora está terminado.

A menina pendurou o vestido na vitrine e retornou lá para cima. O céu noturno já passava a cinza quando ela finalmente pegou no sono.

– Hanna! O que foi? Não se sente bem de novo?

Arrancada do sono pela voz do pai chamando lá de baixo, Hanna se sentou tão depressa que por um momento o quarto pareceu girar à sua volta.

– Estou bem, papai – ela gritou de volta. – O que...

– Então se apresse e desça aqui.

Hanna se vestiu rápido, perplexa. Ela correu para o quarto do pai para dar uma olhada no relógio. Faltavam poucos minutos para as nove. Não se lembrava de ter dormido até tão tarde antes.

Então ela ouviu um estranho barulho do lado de fora. A janela do quarto do pai dava para a frente da loja, acima da porta. Ela deu uma olhada e teve de reprimir um grito de espanto.

Havia uma longa fila na calçada, que cruzava o beco e seguia até metade do quarteirão seguinte. Em sua maioria eram mulheres e meninas, embora houvesse alguns homens. Todos conversavam animados. Os que estavam mais perto olhavam para a vitrine, apontando, assentindo e sorrindo. O que significava que o pai devia ter tirado o papel pardo e virado tudo de frente para a rua.

– Ei, Edmunds! – um dos homens gritou. – Já são nove horas no meu relógio! Vai abrir ou não?

– É mesmo, são nove horas! – outra pessoa disse.

Hanna viu o pai abrir a loja e sair.

– Sim, estamos abertos – ele disse. – Entrem, todos. Sejam bem-vindos.

Hanna se afastou da janela, sem conseguir acreditar.

Bess tinha feito isso. De alguma forma, ela conseguira fazer com que o que parecia ser metade da cidade fosse à inauguração.

Capítulo 26

Hanna correu da cozinha para a loja, carregando duas travessas de biscoitos. Bess seguia atrás dela, mais devagar, para não derramar o jarro cheio de refresco de gengibre que tinha nas mãos. A sra. Blake e Ellie, do hotel, tinham levado pratos e canecas de lata para servir.

A loja estava lotada; os sinos da porta tilintavam o tempo todo. As pessoas conversavam, dando uma olhada nas coisas, comendo biscoitos e tomando o refresco. A caixa de botões atraiu grande interesse, assim como a vitrine, e clientes se juntavam em torno de ambas. O pai levou outro jarro de refresco de gengibre para a calçada, onde um grupo de homens tinha se reunido. Hanna notou que ele estava usando suas melhores botas, as quais brilhavam, porque ela as tinha lustrado.

A srta. Walters cumprimentou Hanna, depois pegou suas mãos entre as suas e apertou de leve.

— Bess e eu tivemos um dia bem interessante ontem — ela disse, baixo. — Você agiu bem, Hanna, ao enviá-la a mim.

Hanna olhou para ela e assentiu. Não confiava em si mesma para falar sem chorar.

A srta. Walters sorriu.

— Estou querendo um vestido para fazer visitas. Pode me mostrar o que tem de popeline?

O sorteio foi um enorme sucesso. O pai chamou os nomes mediante aplausos e exclamações de surpresa e alegria. A srta. Walters ganhou as agulhas. A sra. Murphy, da drogaria, ganhou os botões. O ramalhete de fitas foi para Ellie, que declarou que usaria todas de uma vez, fazendo as pessoas rirem. Hanna ficou muito feliz que a menina tivesse ganhado alguma coisa.

A sra. Wilson, da loja de ferragens, ganhou a renda. Quem ficou com o grande prêmio, o cesto de costura, foi a sra. Schmidt, esposa do pastor.

Então o pai tirou o nome do sr. Grantham no sorteio dos homens e o chamou para receber seu prêmio. Ele foi recebido por mais aplausos e risadas, e se postou ao lado da esposa.

Ele era dono da loja de móveis, tinha um bigode cheio e suíças. A sra. Grantham tinha um rosto redondo de menina e cachos castanhos, que começavam a ficar grisalhos. Ambos eram rechonchudos e tinham a pele corada. O sr. Grantham olhou para o cartão que Hanna havia feito.

– Vinte por cento de desconto! Muito bem, Wilma, pode encomendar o vestido que queria.

– O que está dizendo, Harold? Agora que ganhou o desconto, vou encomendar dois!

A manhã não foi perfeita. Alguns clientes cumprimentaram Hanna com frieza e falaram apenas com seu pai. Alguns se dirigiram à menina como fariam com uma criada: de maneira concisa e sem dizer seu nome. Outros não lhe disseram nem uma palavra. Mas o clima geral de alegria efervescente tornou mais fácil ignorar qualquer aborrecimento.

Hanna e Bess tiveram alguns minutos a sós na sala de trabalho.

– Obrigada – Hanna disse, com um sorriso hesitante. Ocorreu-lhe que o destino de sua família estava intimamente ligado ao dos Harris. Para começar, o sr. Harris era o motivo pelo qual Hanna e o pai tinham ido para LaForge. Bess tinha ajudado a mantê-los ali. Ao mesmo tempo, Hanna a estava ajudando lhe dando trabalho... e talvez de outras maneiras.

– De nada – Bess falou, então houve uma pausa. – Você teve uma boa ideia quando disse para eu ir ver a srta. Walters primeiro. Eu não teria conseguido sozinha, e ela... bem...

— E ela não teria agido sem você — Hanna completou por ela. — Quando vi a fila de gente à porta, mal pude acreditar. Como conseguiram?

— Bolamos um plano — Bess disse. — Demoramos um pouco, a manhã inteira, e depois do almoço. Pensamos em coisas diferentes para dizer, dependendo da pessoa. Eu escrevi tudo e li em voz alta, até quase decorar. Foi ideia da srta. Walters fazer como se fosse uma tarefa da escola. Ela disse que, se eu tivesse o que queria dizer bem claro, não ficaria nervosa na hora. E estava certa.

Elas tinham começado contando às senhoras a verdade: que Hanna tinha ido buscar latas de banha no hotel quando os dois homens a atacaram.

— Eu disse a todos que tinha visto pessoalmente as marcas em seu ombro. Depois as lembramos das outras vezes que o sr. Swenson se meteu em confusão por causa da bebida. Dessa parte elas se convenciam com mais facilidade.

Bess contou que, com algumas das mulheres, ela e a srta. Walters falavam sobre a loja.

— Com a sra. Grantham, a sra. Murphy e algumas outras, que usam suas roupas de domingo durante a semana. Contei a elas que tinha visto os artigos para vestidos, como a loja era linda e como você era boa costureira. — Bess sorriu ao recordar. — Na verdade, elas nem precisavam de tantos argumentos.

Outras mulheres se provaram mais difíceis de convencer. Bess franziu a testa.

— Foi estranho. Nenhuma delas parecia ter qualquer dúvida de que a culpa era daqueles homens. Mas, mesmo assim, inventavam desculpas.

Ela virou o rosto, que já corava. Hanna adivinhou o que Bess não queria dizer: que algumas mulheres relutavam em ir à loja simplesmente porque Hanna era mestiça.

— Algumas pessoas são... — Hanna deixou a frase morrer no ar, sem saber como concluí-la.

— Ovos podres — Bess concluiu por ela.

Houve um momento de silêncio, então as duas caíram na gargalhada. Depois de recuperar o fôlego, Bess prosseguiu:

— Na casa do pastor, a sra. Schmidt mencionou que seu pai contribuiu com o dízimo. Então passamos a dizer às mulheres que não vir à loja implicaria menos dinheiro para a igreja. Foi o que falei à minha mãe também. E a sra. Blake disse...

Bess parou de falar, de repente parecendo horrorizada.

— Tudo bem — Hanna disse. — Independentemente do que for, tenho certeza de que já ouvi antes.

Bess assentiu.

— Ela disse que não sabia que chineses podiam ser cristãos.

De fato, Hanna já tinha ouvido aquilo.

— Eu não sabia que os chineses podiam não ser cristãos — ela respondeu.

Houve um breve silêncio. Hanna tinha guardado o mais difícil para o final.

— Sua mãe não veio — ela disse.

— Ah! Mamãe estava com a roupa estendida e precisava passar — Bess disse, sem dar importância àquilo. — Ela falou que vem um dia desses.

Hanna sabia que aquele não era o único motivo para a ausência da sra. Harris. Mas parecia que Bess queria pensar o melhor da mãe, e Hanna não podia culpá-la. Sua própria mãe não fora perfeita, mas era assim que Hanna se lembrava dela.

Mães e filhas...

De repente, algo lhe ocorreu, relacionado à sua relação com as índias. Da primeira vez que haviam se visto, Wichapiwin talvez tivesse observado que Hanna estava fazendo a viagem apenas com o pai. Ela poderia muito bem ter concluído que Hanna não tinha mãe.

Achei que eu que tivesse sido gentil, mas na verdade era ela quem queria se certificar de que eu não me sentisse excluída.

Era o oposto de como a sra. Harris a fizera se sentir. Hanna se perguntou se algum dia teria a chance de agradecer a Wichapiwin.

— Acha que sua mãe vai deixar você continuar trabalhando aqui? — Hanna perguntou.

O pai tinha recebido nada menos que *sete* encomendas de vestidos. Haveria trabalho mais que suficiente para manter Bess com eles até que ela começasse a lecionar. Hanna já havia começado a pensar nos vestidos, cada um dos quais teria uma pequena flor de lótus rosa bordada no avesso.

— Sim — Bess respondeu imediatamente. — Ela me deixou vir à inauguração. Até pediu a papai para me trazer na carroça.

Talvez o motivo pelo qual a sra. Harris permitira que Bess continuasse trabalhando na loja estivesse mais relacionado à renda da família do que a qualquer outra coisa, mas Hanna se perguntou se o fato de ter mudado de ideia sobre aquilo poderia um dia levar a uma mudança mais profunda em seus sentimentos.

Capítulo 27

O movimento diminuiu no fim da manhã, quando as convidadas começaram a ir para casa preparar o almoço da família. Quando restavam apenas algumas pessoas na loja, os sinos tilintaram e a porta voltou a se abrir.

Sam Baxter entrou, com sua irmã mais nova, Pearl.

– Olá, Hanna – ele a cumprimentou.

– Olá, Sam. Olá, Pearl.

Hanna ficou surpresa ao vê-lo – e duplamente surpresa com sua própria alegria ao vê-lo.

– Trouxe Pearl para conhecer a loja nova – ele disse.

– Imaginei que não pudesse ser o contrário – Hanna respondeu, com um sorriso no rosto.

Ele riu.

– Não sou muito de vestidos – ele disse, retribuindo a brincadeira.

Pearl olhava em volta impressionada, com os olhos bem abertos.

— Posso ver isso?

Ela apontou para a caixa de botões.

— É claro — Hanna disse. — Fique à vontade. Já volto.

Hanna correu para a sala de trabalho. Abriu uma gaveta, depois outra, onde encontrou o pedaço de fita vermelha que havia separado semanas antes.

De volta à loja, Hanna estendeu a fita à menina e disse:

— Isto é para você, Pearl.

Ver a alegria no rosto dela foi de longe o auge do dia de Hanna.

— Uma fita! — Pearl exclamou, estendendo a mão, ansiosa. — Pode amarrar para mim?

— É claro — Hanna disse. Pearl lhe deu as costas e Hanna começou a amarrar a fita de modo que unisse as duas trancinhas da menina.

Ela foi surpreendida por uma pontada de tristeza.

Como a mãe estivera doente desde que Hanna conseguia se lembrar, ter outra criança na família nunca foi uma possibilidade. Enquanto Hanna amarrava a fita vermelha, deu-se conta pela primeira vez do que um irmão ou uma irmã teriam significado para ela: alguém com quem compartilhar as lembranças da mãe.

E outra pessoa mestiça, além dela.

Pearl puxou a trança de lado para ver o vívido laço vermelho. Por cima de sua cabeça, Sam e Hanna trocaram sorrisos.

– Ouvi dizer que você se formou – ele falou. – Parabéns.

– Obrigada – Hanna respondeu.

Pearl voltou a inspecionar a caixa de botões. Sam acenou para Hanna disfarçadamente, e os dois se afastaram alguns passos.

– Voltarei em breve, sozinho – ele sussurrou. – É aniversário de Pearl no mês que vem, e estava pensando se você não poderia fazer algumas roupinhas de boneca para ela.

– Que ideia encantadora! – Hanna exclamou. Seria muito divertido criar e costurar roupinhas para bonecas.

– Traga a boneca, se puder. Ou se conseguir pelo menos tirar as medidas... E pode trazer Pearl para uma visita quando quiser.

Aquilo o fez sorrir.

– Trarei – ele disse. – Ela vai ficar esperando por isso.

Eu também, Hanna pensou enquanto se despedia dele. *Mal posso esperar para revê-lo, Sam Baxter.*

Ela aprenderia a desfrutar da companhia dele sem ficar fazendo planos? Aquilo parecia possível agora, como se, de um golpe só, o sucesso da loja tivesse alterado sua visão do futuro. Em alguns anos, Hanna poderia muito bem estar encarregada da loja, mas, naquele dia, saber que passaria as próximas semanas costurando já se mostrava o bastante.

Tinha se equivocado quando pensara que seu trabalho como costureira iria torná-la querida para todos em

LaForge. Sempre haveria aqueles que ela nunca conquistaria, não importava quantos vestidos lindos ela fizesse.

Mas Hanna percebera que não precisava mais da aprovação de toda a cidade. Tinha um lar e um pai, um trabalho que adorava e alguns bons amigos.

Chá com amigos é um banquete para a alma.

A mãe nunca havia dito tais palavras. Hanna pensara naquilo ela mesma, naquele momento. *É o que eu diria à mamãe se ela estivesse aqui agora.*

Hanna passou o resto da semana tirando medidas das clientes para os vestidos, ajudando-as a escolher tecidos e modelos, fazendo as alterações nos moldes. Depois, ela e Bess começaram o processo de alfinetar, alinhavar, cortar e costurar. Quase toda noite, ela ia cedo para a cama, radiante, mas também cansada por causa das longas horas na sala de trabalho. Com frequência, pegava no sono antes mesmo que o sol se pusesse.

Manter-se ocupada durante o dia ajudava a afastar as lembranças do ataque; deitar-se exausta prevenia contra pesadelos. No sábado depois da inauguração, Hanna estava na sala de trabalho, alfinetando um molde, quando um pensamento lhe ocorreu tão de repente que ela espetou o dedo e nem sentiu.

O que ela faria quando voltasse a ver o sr. Swenson?

Estava fadado a acontecer. Talvez demorasse dias ou mesmo semanas, mas, mais cedo ou mais tarde, andaria pela rua principal e ele estaria lá.

Deveria evitá-lo? Atravessar a rua e mudar sua rota? Mas e se ele a visse primeiro? Talvez conseguisse manter uma expressão neutra. Ou, melhor ainda, ignorá-lo por completo.

Hanna tentou se imaginar passando por ele, com a cabeça erguida, sem se deixar afetar pela presença do homem. Mas as possibilidades de desastre pareciam infinitas. Seus joelhos poderiam fraquejar. Ela poderia desmaiar, passar mal ou começar a chorar. Já podia sentir o estômago se revirando.

Respire, Hanna disse a si mesma, seriamente.

Ela encheu bem os pulmões, uma vez e depois outra. Pegou um lenço do bolso e o pressionou contra a gotinha de sangue que ficara em seu dedo esquerdo. Quando voltou a se debruçar sobre o trabalho, Hanna ainda não sabia o que fazer.

Pelo menos tinha levantado aquela questão, que não fizera antes porque ainda não estava pronta. Era o primeiro passo. Para que se chegasse a respostas, era preciso fazer perguntas.

Hanna decidiu fazer um esforço para não andar pela cidade sozinha, pelo menos por um tempo. Seria mais fácil ignorar o homem se houvesse alguém com ela. Hanna também pensou em avisar outras meninas e jovens para que se mantivessem longe de Swenson. Bess certamente se ofereceria para ajudá-la. E a srta. Walters poderia ter alguma ideia.

Hanna já sabia que nunca esqueceria o que Swenson havia feito. Precisava aprender a não permitir que aquilo se repetisse indefinidamente em sua cabeça e em seus sonhos. Para tanto, ia precisar se apoiar na força de outras pessoas – pessoas que se importavam com ela. Bess. A srta. Walters.

Talvez até o pai, um dia, no futuro.

Uma semana depois da inauguração, ela estava na cama, à noite, quando a voz do pai a despertou.

– Hanna? Venha me dar uma mão. Preciso de ajuda.

O que ele poderia querer a esta hora?, ela se perguntou. Com a cabeça pesada e a voz rouca, ela perguntou:

– Devo me vestir?

– Não, só se cubra.

Ela pegou o velho xale xadrez da mãe e jogou por cima dos ombros, antes de descer a escada descalça, ainda esfregando os olhos para acordar. O sol havia se posto, deixando um céu azul-acinzentado para trás.

O pai a encontrou na cozinha.

– Feche os olhos – ele pediu.

Ela obedeceu, claro, mas não pôde evitar dizer:

– Papai?

– Pode me obedecer, só desta vez?

As palavras foram bruscas, mas a voz dele era mais de quem achava graça do que quem perdia paciência.

Ele a pegou pela mão e guiou até o outro lado da sala de trabalho.

– Aqui – o pai disse. – Não, um pouco para a esquerda... – Ele a posicionou mais um ou dois passos para o lado. – Muito bem. Abra os olhos.

Hanna piscou. Na penumbra, a princípio viu embaçado. Então ela arfou diante da imagem ensombrecida que viu à sua frente.

Um fantasma? Uma miragem?

Mas ela parece tão real... até o xale...

Hanna moveu os lábios, sem produzir som. *Mamãe?*

– E então? O que achou?

De repente, a voz do pai soou alta demais a seus ouvidos.

Ele deu um passo à frente. Finalmente, Hanna se deu conta do que estava vendo.

Seu próprio reflexo em um espelho de corpo inteiro, com o pai atrás dela.

Tratava-se de um espelho oval alto, com borda chanfrada, em uma estrutura articulada de carvalho. Embora não fosse tão grande quanto o espelho da mãe, pelo menos em um sentido era ainda melhor: o vidro podia ser inclinado para alterar o ângulo de visão, focando mais na parte de baixo ou de cima do corpo.

Hanna se virou para dar um abraço no pai. Ele deu um beijo rápido no topo da cabeça dela.

– Quem já ouviu falar de uma loja de costureira sem espelho? – ele perguntou, sorrindo.

– Você vai ter que alterar a placa – ela disse. – Não pode mais dizer "artigos para vestidos". Precisa ser "loja de vestidos".

– Sim, senhora – o pai falou, soltando um suspiro de brincadeira.

Hanna já havia visto seu reflexo muitas vezes, em vitrines de lojas, poças d'água e no espelhinho que tinham no andar de cima. Mas fazia anos que não se via por inteiro com tamanha clareza.

Ela nem sabia o quanto tinha ficado parecida com a própria mãe. Que era linda.

– Então você gostou? – o pai perguntou.

Seu reflexo assentiu para os dois.

– Sim, papai – ela disse. – É exatamente do que eu preciso.

Nota da autora

Escrevi a história de Hanna como uma tentativa de fazer uma dolorosa reconciliação.

Os livros escritos por Laura Ingalls Wilder estão entre os que mais amei na infância. Li todos, muitas vezes – tanto que, até hoje, cinquenta anos depois, ainda sei inúmeras frases e passagens de cor. Já adulta, conheci inúmeros imigrantes e filhos de imigrantes que, como eu, adoravam os livros dela. Minha teoria é de que os víamos como uma espécie de guia para nos tornarmos americanos. Acreditávamos – erroneamente, como depois eu descobriria – que se fizéssemos pirulitos de xarope de bordo, colchas de retalhos e bonecas de palha de milho (e colocássemos o nome de Susan nelas), como Laura havia feito, poderíamos um dia, de alguma maneira, ser tão americanos quanto ela.

Os últimos quatro dos oito livros que Wilder publicou em vida se passam em De Smet, Dakota do Sul. Quando criança, eu ficava deitada na cama noite após noite, imaginando que eu vivia na De Smet da década de 1880 e era a melhor amiga de Laura.

Eu tinha de fazer uma ginástica mental incrível para me transportar à De Smet daquela época. Não havia coreanos nos Estados Unidos então; o primeiro grupo a emigrar para o país só chegaria no começo do século XX, e no Havaí, não no continente. No entanto, havia milhares de imigrantes chineses, a maior parte deles na Costa Oeste. Eles tinham chegado em duas grandes ondas: durante a Corrida do Ouro das décadas de 1840 e 1850 e para ajudar a construir a estrada de ferro transcontinental, nos anos 1860. O censo de 1875 registrou a presença de um grupo de chineses em Deadwood, Dakota do Sul, cerca de 550 quilômetros a oeste de De Smet.

Nessa época, certamente havia descendentes de coreanos na China. Por isso, em minhas fantasias antes de dormir, eu me tornei uma menina asiática morando em De Smet – uma menina chinesa com sangue coreano.

As histórias de Wilder se passavam no Meio-Oeste, a região em que eu morava. As histórias que eu inventava eram uma espécie de *fanfic* de antes da internet. Em geral, se tratava de romances água com açúcar. Em *Anos felizes*, Laura é cortejada por Almanzo. Eles ficam noivos e finalmente se casam. Enquanto isso, eu era cortejada pelo amigo bonitão de Almanzo, Cap Garland.

Mesmo no auge da minha paixão por esses livros, havia partes que eu considerava intrigantes e incômodas. A personagem da mãe era a mais problemática. Sua obsessão por boas maneiras e obediência acima de tudo me parecia ao mesmo tempo equivocada e opressora.

Ela também odiava nativos americanos. Em todos os livros da série, expressava seu ódio. A atitude da mãe me deixava profundamente horrorizada, embora eu não conseguisse expressar isso na época. No fim das contas, significava que ela nunca teria permitido que Laura ficasse amiga de alguém como eu. Alguém com cabelo preto, olhos escuros e pele morena. Alguém que não era branco.

O racismo com que Hanna depara é bastante autobiográfico: passei quase que exatamente pelos mesmos incidentes de racismo retratados no livro. Seja a hostilidade completa de desconhecidos ou as pequenas agressões impensadas de pessoas mais próximas, esses eventos ocorrem com frequência, até mesmo diariamente, comigo e com quase todas as pessoas negras ou pardas que conheço. No entanto, o racismo não se restringe a uma série de incidentes. Mais do que isso: os incidentes são provas do preconceito profundamente arraigado e da injustiça institucional.

Foi só quando eu já era bem adulta que aprendi um pouco sobre a verdadeira história dos efeitos devastadores que a expansão para o Oeste teve sobre os nativos americanos. A verdadeira história de outras populações não brancas nos Estados Unidos tampouco faz parte de nosso currículo educacional ou da consciência nacional. A escassez de histórias centradas na luta e na contribuição de todos os não brancos resultou na atitude muito difundida, prejudicial e às vezes até mesmo mortal de que não somos tão humanos quanto os brancos. Tais histórias são de importância vital para todos nós que vivemos neste país. Ignorá-las seria uma perda incalculável, porque aprender a verdade sobre elas nos torna mais fortes e mais capazes de encarar os desafios em nossas comunidades.

Em *Uma casa na campina*, o pai participa de uma apresentação em que os brancos se pintam de negros. Laura e o resto do público, todos brancos, acham tudo muito divertido. Embora Laura e o pai muitas vezes discordem da desconfiança da mãe em relação aos nativos americanos, não demonstram os mesmos escrúpulos quando se trata de brancos se fazendo passar por negros.

Alguns argumentam que Wilder não pode ser culpada por uma atitude que era "produto de seu tempo". Outros apontam que isso não serve de desculpa para tratar qualquer membro da raça humana como "inferior" – que houve pessoas em todas as épocas e em todos os lugares que extrapolaram as limitações dos costumes sociais reinantes. Embora eu concorde com os últimos, não consigo evitar pensar em quais de nossas atitudes atuais amplamente defendidas serão consideradas absurdas pelas gerações futuras. Será que conseguimos enxergar melhor do que nossos antepassados?

Espero que fãs da obra de Wilder consigam reconhecer os pontos em que homenageei e aqueles em que desafiei suas histórias. A cidade de LaForge é baseada em De Smet, e a localização das casas e estabelecimentos é baseada no mapa que a própria Wilder desenhou. A família Harris é parcialmente inspirada nos Ingalls; Dolly Swenson pode lembrar os leitores de Nellie Oleson. Como parte da pesquisa para este livro, visitei De Smet, em Dakota do Sul, e Mansfield, no Missouri, os dois principais locais visitados pelos fãs da escritora.

(Um comentário para aqueles que amam a série de televisão *Os pioneiros*, baseada nesses livros. Devo ter visto um ou dois episódios quando pequena, não mais do que isso. Lembro que fiquei furiosa quando ao ver que o ator que interpretava o pai *não tinha barba*, e isso foi o suficiente para me fazer boicotar o programa.)

No capítulo 5, há uma menção a uma planta chamada *yansam*, em chinês. O termo em coreano é *insam* e trata-se de ginseng. O ginseng coreano há séculos é louvado em toda a Ásia por suas propriedades medicinais, sendo usado para tudo, de perda de memória a fadiga, problemas cardíacos e diabetes. No momento em que escrevo, os estudos científicos ainda não chegaram a uma conclusão quanto à sua eficácia.

Outras partes do livro são baseadas em eventos históricos, incluindo os distúrbios de 1871 em Los Angeles (capítulo 2), as menções ao acordo dos sioux com o governo americano (capítulos 1 e 21) e a Corrida do Ouro na região do pico Pikes, no Colorado (capítulo 2). A única figura histórica mencionada no livro é James Harvey Strobridge, o supervisor da construção da Ferrovia do Pacífico Central (capítulo 20). De início relutante em contratar chineses e sempre comandando com punho de ferro, Strobridge acabou por admirá-los como trabalhadores. "Os chineses são os melhores trabalhadores do mundo! Eles aprendem rápido, não brigam, não fazem greves que não levam a nada e têm hábitos muito limpos. Costumam apostar e discutir entre si, de maneira barulhenta, mas inofensiva." (James Harvey Strobridge, citado em Erle Heath, "From Trail to Rail", *Southern Pacific Bulletin*, v. XV, cap. XV, 12 de maio de 1927.)

Como pesquisa para as cenas em que Hanna encontra Wichapiwin, visitei a Reserva de Pine Ridge e muitos outros locais importantes relacionados aos nativos americanos em Dakota do Sul, incluindo Wounded Knee e o Memorial a Cavalo Louco. Em Pine Ridge, foi um privilégio ter como guia Donovin Sprague, autor, historiador e professor lacota. O sr. Sprague me ajudou a encontrar uma réstia de nabo-da-campina, que deixei de molho e cozinhei igualzinho ao modo como Hanna faz no livro. Também fui a um reduzido pau wau intertribal em Fargo, Dakota do Norte, onde aprendi mais sobre a vida nativa, tanto histórica quanto contemporânea. Fiquei especialmente comovida ao ouvir seus potentes hinos.

Um comentário sobre a terminologia: uso "sioux" e "índio" porque era assim que chamariam na época de

Hanna. Se a população branca do território de Dakota estivesse interessada, teria aprendido que Wichapiwin e suas companheiras eram membros da tribo ihanktonwan, falavam dacota e pertenciam à nação Oceti Sakowin. A Reserva de Ihanktonwan (Yankton) fica ao sul de De Smet; Hanna e o pai teriam passado por ela a caminho da cidade.

Também escolhi incluir algumas frases na língua dacota. Fiz questão de incluir tais palavras em um esforço para contrabalancear gerações anteriores de inúmeros livros para crianças que nunca registraram ou reconheceram as línguas nativas, assim como os estereótipos hollywoodianos que reduziram a comunicação nativa a grunhidos e uma fala híbrida. Hoje, muitas nações indígenas investem muito em programas de revitalização da língua.

Em uma carta para a filha Rose, de abril de 1921, Laura Ingalls Wilder escreveu sobre quando cumprimentou um homem afro-americano em uma reunião da associação local de empréstimos agrícolas: "Nosso membro de cor estava presente, e quando foi apresentado a mim apertei sua mão, o que deixou alguns presentes quase paralisados" (Laura Ingalls Wilder, *The Selected Letters of Laura Ingalls Wilder*, org. de William Anderson, Nova York: HarperCollins, 2016, p. 28).

Gosto de pensar nesse aperto de mão como uma pista de como Wilder poderia ter reagido a *Lótus da campina*. Sua série de livros foi escrita anos depois daquela carta;

ela ainda não era suficientemente conscientizada para lidar melhor com as cenas perniciosas de seu livro. Mas espero que talvez estivesse aberta a saber como seu trabalho afetou uma menina de origem asiática do Meio-Oeste que acabou se tornando escritora.

Lótus da campina é uma história que venho escrevendo por quase toda a vida. É uma tentativa de reconciliar meu amor de infância pelos livros de Laura Ingalls Wilder com meu reconhecimento adulto de suas dolorosas falhas. Desejo que este livro incentive a reflexão em todos os que o lerem, principalmente os jovens leitores em cujas mãos está o futuro.

Agradecimentos

Tenho tanta gente a quem agradecer. Isso, por si só, já é uma bênção.

Durante toda a infância, meu pai, Ed Park, me levou à biblioteca, onde pela primeira vez me deparei com os livros de Laura Ingalls Wilder. Minha mãe, Susie Park, me ensinou a costurar, tricotar e bordar quando eu era pequena, e tenho vívidas lembranças das roupas que ela fazia para mim e para meus irmãos.

Sou grata aos cidadãos de muitas nações nativas por compartilhar sua sabedoria e seu discernimento. Andrea M. Page (hunkpapa) e Mary Blackcloud Monsees (hunkpapa) forneceram as transliterações da língua lacota. Andrea também me presenteou com minha segunda trança de *timpsina* da vida (*timpsila*, em lacota). Além de passar o dia comigo na Reserva Indígena de Pine Ridge, Donovin

Sprague (minneconjou), autor, guia turístico e historiador, leu meu manuscrito e fez comentários bem úteis. Cynthia Leitich Smith (muscógui), Dawn Quigley (ojíbua da Reserva de Turtle Mountain), Joseph Bruchac (abenaki), Melody Staebner (ojíbua da Reserva de Turtle Mountain) e Darlene TenBear Boyle (absaroka de Crow Agency e ojíbua da Reserva de Turtle Mountain) me forneceram informações e conselhos com generosidade e gentileza.

Ruth Hopkins, jornalista, ativista e juíza tribal, sisseton-wahpeton da Reserva de Lake Traverse, leu o manuscrito, aconselhou a mudança da língua lacota para a dacota e fez comentários inestimáveis. Por exemplo: como Wichapiwin e Hanna não conseguem se comunicar verbalmente, elas o fazem principalmente por gestos. Em muitas ocasiões, eu tinha retratado Wichapiwin apontando com o indicador. Hopkins escreveu: "Os oceti sakowin (sioux) consideram apontar com o dedo uma grosseria. Em vez disso, apontam com os lábios, ou com um movimento da mão."

Para mim, este é o exemplo perfeito do adágio: "Você não sabe o que não sabe."

Alice DeLaCroix me assistiu nos detalhes relativos à costura. Kimberly Brubaker Bradley me deu conselhos no que se referia a cavalos. Jim Armstrong foi meu especialista em ferrovias e se voluntariou para testar o público. Anna Dobbin sempre responde a minhas infinitas perguntas gramaticais e de tecnologia.

Em Mansfield, Missouri, Anna Bradley, diretora-assistente do Museu e Casa Laura Ingalls Wilder, me guiou em uma visita e respondeu com simpatia a muitas das minhas perguntas.

Vale dizer que todos os erros relacionados aos temas mencionados são de minha responsabilidade.

Marsha Hayles comentou os manuscritos de todos os meus livros, incluindo este, e quase sempre responde em poucos dias – mesmo se tratando de um romance inteiro. Outros amigos seguraram minha mão e me ouviram choramingando por causa dessa história. Agradeço a todo mundo da Sociedade de Escritores e Ilustradores de Livros para Crianças e da We Need Diverse Books pelo apoio, pelas oportunidades e pelo desafio que representa atuar em seus conselhos consultivos.

Dinah Stevenson tirou meu primeiro livro da pilha de manuscritos não solicitados em 1997. Este é nosso 18º livro juntas, todos para a Clarion Books/Houghton Mifflin Harcourt. Sou a mais feliz das escritoras, por ter um relacionamento editorial tão longevo. Neste livro, assim como nos outros, ela me guiou na história que eu estava tentando escrever o tempo todo.

Mais agradecimentos à equipe da Houghton Mifflin Harcourt, incluindo Amanda Acevedo, Lisa DiSarro, Jessica Handelman, Eleanor Hinkle, Anne Hoppe, Catherine Onder, John Sellers e Tara Shanahan.

Ginger Knowlton é minha agente há mais de vinte anos, e valorizo mais nosso relacionamento do que posso expressar. Também agradeço a toda a equipe da Curtis Brown, por sempre estar do meu lado.

Meu marido, Ben Dobbin, sempre possibilitou que eu tivesse tempo e espaço para escrever meus livros. Neste caso, precisei de muito mais do que das outras vezes, e ele ficou feliz em me presentear com isso.

Jackie Woodson, Laurie Halse Anderson, Leah Henderson, Olugbemisola Rhuday-Perkovich, Ellen Oh, Renée Watson, An Na, Namrata Tripathi, Daniel Nayeri, Meg Medina, Grace Lin, Tammy Brown, Jim Averbeck, Ed Porter, Pat Cummings, Melissa Stewart, Cynthia Leitich Smith, dra. Sarah Park Dahlen e muitos outros amigos e colegas dedicaram seu tempo a falar comigo sobre raça, diversidade e inclusão. Pedi que fossem pacientes e me perdoassem, porque ainda tenho muito a aprender. Meu objetivo é cometer erros novos, diferentes e melhores todos os dias.

E por fim, agradeço aos meus leitores de todas as idades, mas principalmente aos mais jovens. É uma honra e um privilégio escrever para vocês.